魅影

熊小猴 著

01

二〇二四年，南投。

滂沱大雨裡，一台玉綠色的越野休旅車在蜿蜒曲折的山間道路上孤伶伶地行駛，或許是因為時段冷門、天候不佳，加上地處偏遠等因素，雨涵總覺得今天沿途上來往的車輛異常地稀少。

行程前幾天，她還特地查了一下今天的天候概況，明明南投這裡應該是個大晴天的啊，如果不是因為天氣預報不準的話……自己根本不會參加這次的社遊吧！

不過話說回來，剛從台北抵達這裡的時候，雖然天空有點灰濛濛的，但卻是一滴雨也沒下，直到下午約莫一點左右，烤肉進行到一半的時候，原本烏雲密布的天空突然下起大雷雨來。起初眾人還想說等一陣子雨勢就會停歇，卻沒想到等了足足一個小時，雨勢非但沒有變小，還變本加厲更大了起來，無可奈何的他們，最終只能選擇草草收尾，提早打道回府。

這是一個由K大校內劇本創作社所舉辦的期初社遊，其實劇本創作社在K大裡面並不算是很熱門的大社，除了社長阿坤及副社長蕭天天外，其他社員多半是有空才會參加社課，而雨涵和小青也是當中有名的隱形社員，通常一個月可以看到她們參加兩、三次社課，就已經是難能可貴的紀錄了。

今天的社遊除了上面這四個人外，還有另外一位社員包大膽，包大膽並不是這個人的本名，他的本名叫做謝宗翰，之所以會有包大膽的綽號，單純是因為這個人的膽子特別大，而包大膽的外型也和他的綽號頗為相符，就是一副皮膚黝黑、體格粗壯的模樣。

關於包大膽這個人的傳聞，同樣身為隱形社員的雨涵也略有所聞，聽說他可以徒手宰殺一隻抓狂的比特犬，還可以一拳擊碎專門拿來蓋房子用的瓦片，或許因為打遍天下無敵手吧，包大膽平常總是一副天不怕、地不怕的模樣，尤其在女生面前，他更是喜歡展現自己獨一無二的男子氣概，好像深怕這些女生不知道自己有多勇猛似的。

相較包大膽的粗魯躁進，社長阿坤的個性就顯得較為謹慎，他戴了一副看起來博學多聞的粗框眼鏡，不知道的學妹們還以為他是個飽讀詩書的大儒，但實際上正在念電機系大四的他，電路學修了兩次才過，就連通識也因為常常翹課而被當得一塌糊塗，不過這在阿坤溫文儒雅的包裝底下，絲毫未成為他把妹方面的障礙。

驟變的天氣影響了行車的視線，平時電掣風馳的車速，此時因為淒厲的雨勢而緩慢下來。坐在前座、手握方向盤的阿坤逐漸將車速放得更慢，直至最後停在原地靜止不動。

「哇。」就在車子停下的時候，坐在後座中間位置的蕭天天發出了一聲驚呼。

「怎麼了？」剛從閉目養神中醒來的小青，此時搖頭晃腦看著發出聲音的蕭天天。

「哈囉，要跟大家報告一個不好的消息。」阿坤的頭微微轉向後座。

「發生什麼事情了嗎？」這會兒，連個性文靜的雨涵也忍不住出聲詢問。

「前面發生土石流，整條路都被阻塞了。」向來語言表達能力特強的蕭天天，以迅雷不及掩耳的速度搶先回答。

「怎麼會這樣……」這突如其來的災難，著實嚇壞了坐在後座的兩個小女生。

「估計是之前地質就脆弱，加上今天這場暴雨，整個土質鬆動才會發生這樣的狀況。」阿坤環顧四周。

「那怎麼辦？」小青面色驚恐。

「我記得旁邊這條小路也可以通往山下，雖然慢了一些，但至少比在這裡乾等還好。」說完，阿坤轉動方向盤，車子朝道路旁邊的小岔路緩緩駛去。

在車子開往山下的過程中，不只雨勢越來越大，天空還轟隆隆地打起雷來。

向來討厭雷聲的雨涵，現在正坐在後座專注看著窗外的花草樹木，只見熟悉的景色重重覆地在眼前不斷循環，那原本應該平淡無奇到不值得一提的下山路途，此時卻像是設計好的重重迷宮般，讓眾人深陷其中而無法抽離。

「抱歉……現在要跟大家報告另一個不好的消息……」阿坤抓著方向盤，眼神緊盯前方的狀況。

「什麼消息？」

「什麼消息？」

疑惑的聲音此起彼落著。

「我們迷路了。」

聽這五個字從阿坤口中說出，眾人的心頓時沉了顆大石頭。

「還是……我們打 119 求救？」小青嘗試從包包裡面拿出手機撥打。

「沒用的，這裡太偏僻了，不只手機電話不通，就連網路訊號都沒有。」搶先一步拿出手機的包大膽，在撥打幾下之後宣告放棄，他將手機放在車子前座的置物槽內，露出有點不太耐煩的模樣。

儘管包大膽這麼說，但不死心的小青依舊緊緊抓著手機不放，透過撥打各種號碼來嘗試向外求救。

經過幾分鐘的垂死掙扎後，小青終於也放下了手機。

原本出發時輕鬆活潑的氣氛，這時已經蕩然無存，車內開始瀰漫一股難以言喻的低氣壓。

這還是雨涵這輩子第一次碰到這種事情——山難。

02

下山的出口並沒有隨著天色逐漸變暗而自動出現，雷雨雖然停了，但誰也無法保證雨勢是真的停止，還是只是暫時性的停歇。

車子在泥濘小徑間來回穿梭，看著窗外的風景，雨涵總有一種感覺，她覺得他們好像走到越來越偏僻的地方了。

「你們看那是什麼？」蕭天天的聲音吸走了雨涵的注意，她循著蕭天天手指的方向看去——那是一座裂成兩半的雕像。

為了想再看得更清楚些，車子開到雕像前面緩緩停下，隨著包大膽下車，其他人也跟著下來。

「欸，你們猜這是什麼雕像？」包大膽轉頭問眾人。

「看起來像是座山神神像。」阿坤提提他的粗框眼鏡。

「山神是什麼神？」包大膽露出茫然的表情。

「山神是一種山間神靈的泛稱，不同的族群或宗教會信仰不同的神靈，例如客家人信奉的三山國王、印度教信奉的雪山神女等等。」阿坤以一種博學多聞的斯文口吻緩緩說出自己的見解。

「所以這座到底是哪種山神？」包大膽的神情依舊茫然。

阿坤看了雕像一會，回答：「坦白說我也沒辦法肯定，但感覺是類似土地公之類的神靈吧。」

「這個地方這麼偏僻，居然還會有神像佇立在這裡，該不會有人住在這附近吧？」包大膽邊搔下巴，邊提出他的推論。

「也不一定，有可能只是某些人因為某些原因把神像立在這裡，但平時未必在這裡居住。」阿坤看著雕像。

「那你覺得是什麼原因？」包大膽看著阿坤。

「不知道，或許……這是一種守護吧。」阿坤用一種不太確定的口吻說出自己的猜測。

「你怎麼懂這麼多？」包大膽用驚訝的表情看著阿坤。

「我記得我以前好像說過，我們家是書香世家。」說到這裡，阿坤不忘提提眼鏡來襯托自己淵博的學識，但其實這些東西是他選修外系課程，做分組報告學來的。

當下也不知道哪裡來的想法，包大膽突然用腳踢踢斷裂的雕像，「欸，守護神，如果祢在這裡的話，趕快出來幫我們帶路。」

「喂！」看包大膽這麼做，阿坤馬上出聲喝止他的行為。

「幹嘛？」包大膽用幹嘛大驚小怪的眼神看著阿坤。

「用腳踢踹神像是很不敬的行為。」阿坤表情嚴肅。

「那這樣呢？」包大膽吐了口痰在雕像上面。

「不要這麼白目好嗎？」平時還算開朗溫和的阿坤，這時罕見地動起怒來。

「好啦好啦……我不做就是了。」見阿坤生氣，包大膽稍微收斂了些，他用球鞋擦掉雕像上面的那坨痰，但從散發出來的態度看，他還是一副不信邪的模樣。

全場陷入了短暫的沉默，接著包大膽提議道：「我想我們再深入看看，搞不好這附近真的有住人。」

聽包大膽這麼說，一向膽小的小青連忙搖頭，「我看我們還是回頭好了，這裡感覺陰森森的。」

「別怕，有我保護妳們。」包大膽趁機湊到兩個女孩子身邊。

蕭天天見狀後，硬是故意卡在中間，不讓包大膽靠兩人太近。

「好啦，不要鬧了，不然民主社會，我們投票表決。」阿坤看向眾人，「一人一票，贊成繼續往前走的請、舉、手！」

結果出來，只有包大膽一個人舉手。

「好吧，那就回頭吧。」包大膽摸摸鼻子，露出自討沒趣的表情。

油門催動，車子又緩緩掉頭離開。

車上，雨涵回想剛剛包大膽色胚的舉動，其實這一切並不讓她感到太過意外，因為從以前她就覺得包大膽對自己跟小青有點意思，尤其是自己。每當兩人參加社課的時候，她總能從眼角餘光發現包大膽用猥褻的眼神在偷瞄自己，而且還不只一次，是非常多次，但其實包大膽已經有個校外女友，針對一個已經死會了還不斷意淫討好異性的男生，雨涵總覺得不是很舒服。

如同先前那樣，車子繼續在山上彎來繞去，下山的路途並沒有因為離開原地而變得順利，雨涵發現她們始終困在這個像是已經被設計好的迷宮，無論再怎麼努力也繞不出去。

直到又過了幾分鐘，蕭天天再度發出一陣驚呼聲：「欸！你們看，剛剛那個石像又出現了！」其他人順著蕭天天的手勢方向看過去，果然……和剛剛那個一模一樣的雕像又出現了！為什麼會知道這是同一個雕像呢？因為和之前一樣，這個雕像也是倒在地上裂成兩半，就像被雷劈過似的，就連在地上排列的方位都完全相同。

「難道……我們又回到剛剛那個地方了？」包大膽摸摸下巴。

「親愛的社長大人，請問現在是什麼狀況，您可以解釋一下嗎？」蕭天天以帶有壓迫性的眼神看向阿坤。

「我不是故意的……」這會兒，連阿坤都露出慌張的表情，「我再試其他條路看看，或許只是碰巧走到同一條路罷了。」

話才剛說完，阿坤馬上用最快的速度將車駛離現場。

在接下來的半個小時內，他們連續見到這個雕像不下五次，每一次目擊都讓整台車子的氣氛變得更為沉重。

或許是為了化解車內的低氣壓，身為副社長的蕭天天開口打破沉默，說道：「反正現在閒著也是閒著，我看我們來比賽說故事好了。」

「蛤？說故事比賽？」包大膽露出一副很不會說故事的模樣。

「怎麼了？說故事是你的罩門嗎？」蕭天天看著包大膽。

被蕭天天的激將法這麼一激，包大膽不甘示弱回應：「哪有，說故事我很厲害好嗎！要比大家就來比！」

「問題是……要怎麼比？」包大膽追問。

針對包大膽的疑問，蕭天天耐心回覆：「等等我們就輪流說故事，一次一個，順序用數支的方式決定。」

「好啊！」包大膽豪爽答應。

「喔喔抱歉，我要專心開車沒辦法喔，我可不想開車開到出車禍。」手持方向盤的阿坤，馬上用最快的速度甩開這個燙手山竽。

「好吧，那社長大人可以破例，不過妳們兩個女生也要參加喔，不要以為是學妹就可以裝死。」蕭天天用老鴇的姿態看著雨涵跟小青。

「呃。」兩個小女生對視一眼，露出無言的表情。

「好，那就開始數支吧！」

在蕭天天解釋數支的遊戲規則及開場下，除了阿坤以外的四個人，開始了這場說故事大賽。

「數支數支最多三支。」

根據四個人總共比出七根手指，再由蕭天天為第一個人開始逆時針計數後，最終數支的結果落在包大膽身上。

看包大膽臉色一陣青一陣白的模樣，就知道說故事對他來說是一件很困難的事情。

「包大膽，那就麻煩你先說第一個故事了，記得故事至少要講五分鐘。」蕭天天用幸災樂禍的表情看著包大膽。

「痾……」包大膽一副吞吞吐吐說不出口的模樣。

「怎麼了？」蕭天天用認真的表情看著包大膽。

「我……」包大膽還是結結巴巴，眾人猜想他現在正在腦筋急轉彎吧。

「快點喔，再拖下去車子都快開下山了喔。」蕭天天比著手錶不停催促，活像是個呼喚小孩回家的大媽。

「快一點！」

「我……嗯……」吞了吞口水，包大膽終於開始說起故事：「我挺著大肚子回家，卻聽見老公房裡傳來呻吟聲……」

挖哩~眾人差點沒暈倒，這麼老梗的網路色情文章，也可以拿來當成說故事的梗？

見在場其他人被自己的隨興笑話惡搞，包大膽先是做出一個淘氣的鬼臉，接著又捧捧自己的雙乳，露出猥瑣、輕浮的表情展示給眾人看。

「好啦好啦。」深怕再繼續亂開玩笑下去，自己會在車內被眾人圍毆到死，在清了清喉嚨後，包大膽改說另一個臨時瞎掰出來的故事：「從前從前，有一群社團大學生來到南投的山區露營烤肉。」

停頓幾下後，包大膽又繼續說下去：「原本來到南投的時候天氣還不錯，但等他們露營烤肉到一半，天空突然下起雨來，掃興而歸的他們決定提早下山，但卻在下山的時候發現土石流阻斷當初上山的道路……」

「欸，等等。」蕭天天用力打斷包大膽的故事。

「幹嘛？」包大膽用怪異的眼神看著蕭天天。

「你講的是我們發生的事，這樣感覺有點投機欸。」蕭天天搔搔下巴，彷彿他是個評審。

「我是說故事的人，請你尊重創作者！」包大膽回嗆。

「創作者就可以囂張喔？」蕭天天也不甘示弱回擊。

「管你的。」

就在兩人鬥嘴的時候，車子突然無預警停了下來。

「怎麼了？怎麼了？」阿坤突如其來的舉動引起車內一陣恐慌。

「車子……車子快沒油了。」說話的時候，阿坤眼神直直盯著儀表板。

「蛤？」屋漏偏逢連夜雨，下山遇到鬼打牆已經夠慘了，現在連車子都快沒油，那……那他們究竟該怎麼辦呢？各種迴異的想法浮現在眾人的腦中。

「我看，我們今天只能先在這裡過夜了。」看看車窗外面，阿坤露出滿臉無奈的表情，「現在天色漸暗，繼續行駛也只是平白耗油跟徒增危險罷了。」

「那等到明天，我們該怎麼辦？」小青臉色蒼白問道。

「雖然這裡是偏僻了些，但照理說過一陣子應該會有救難人員上山。」阿坤提提眼鏡。

「那如果救難隊一直找不到我們呢……」小青的語氣顯得有點激動。

「還沒發生的事情，不要想這麼多啦。」阿坤努力擠出笑容，想平緩現在的氣氛。

「為什麼我們剛剛不停在那條中斷的道路等救援就好，現在待在這裡不是更難被找到嗎？」蕭天天提出質疑。

「現在說這些都是馬後炮，剛剛我怎麼會知道走旁邊的小路會遇到這樣的情況？」阿坤露出滿腹委屈的表情。

「那社長大人，麻煩你仔細評估一下，我們現在手邊的飲水跟糧食還可以支撐多久？」蕭天天用不悅的眼神看著阿坤，看來身為精明能幹的副社長，他已經超前部署意識到事情的嚴重性。

「我們後座那兩桶5加侖的桶裝水，省著點用至少可以撐快一個禮拜吧，至於剛剛剩下來的烤肉跟口糧餅乾這些東西，要撐個五天應該也是沒有問題的。」說到這裡，阿坤又不忘安撫眾人的情緒。

「欸，等等。」包大膽轉身面向眾人，他用粗壯的手臂拍拍車座，好像發現什麼新大陸似的。

「幹嘛？」阿坤轉頭看著包大膽。

「你們看，那邊是不是有個洞穴？」包大膽轉身指著窗外。

的確，就在距離車子大約四、五十公尺的地方，有個洞口呈現長條狀的開放型洞穴。這種洞穴的洞口從外頭察看，就像是一面又寬又平坦的石壁，唯有再繼續深入走進內部，才能得知那一片漆黑而深邃的洞穴裡面，到底藏著什麼祕密。

在端詳洞口一陣子後，阿坤的目光又回到包大膽身上，「有是有，那又怎麼了？」

「我剛剛看到洞口有個人影。」包大膽煞有其事地說。

「人影？」阿坤摘下眼鏡揉揉眼睛，「哪裡有人，我怎麼沒看到？」

「我親眼看到他走進了洞穴裡面。」

儘管包大膽說得振振有詞，但眾人依舊半信半疑，深怕他只是看錯。

「會不會其實是動物呢？」小青提出她的看法。

聽小青這麼說，包大膽轉頭看著她，問說：「小姐，那妳覺得有哪種動物可以跟人的體型差不多？」

「有啊。」蕭天天在旁插話。

「什麼動物？」包大膽看著蕭天天。

「台灣黑熊啊，不然就是猩猩。」蕭天天回答。

「可是我看到這個人有穿衣服欸……」包大膽回想，「你有看過哪個黑熊或猩猩穿衣服的？」

「好吧，那可能真的是住在附近的居民吧。」蕭天天聳聳肩。

「我現在有個想法。」包大膽的眼睛迸出振奮的光芒，「我看我們下車去那個洞穴看看，如果是住在這附近的居民，那剛好可以跟他們求救。」

「我不想下車。」阿坤靠在汽車椅背上。

「為什麼？」包大膽滿臉不解看著阿坤。

「現在天色這麼晚了，也不知道對方的來龍去脈，與其冒這個險，還不如待在車內比較安全。」阿坤眼睛直直盯著前方。

向來比較文靜的雨涵，此時也提出她的看法：「如果是這附近的居民，那為什麼要走到洞穴裡面？」

「唉唷～搞不好人家是山頂洞人。」向來創意十足愛搞怪的蕭天天，邊說邊露出他那副閃亮無比的大鋼牙。

「或許，也有可能是來這裡登山，但遇到雷雨才跑到洞穴躲雨的登山客。」小青在旁忍不住推測。

「如果是登山客的話，或許他們知道下山的路，對吧？」不死心的包大膽環顧四周，想說服待在車內的其他社員跟他一起下車，只可惜一切不如包大膽所願，其他人繼續紋風不動待在車上。

「怎麼，沒人願意跟我一起下車看看？」包大膽看著眾人。

「不要。」阿坤回絕。

雨涵和小青也搖搖頭。

「那你呢？」包大膽看向蕭天天。

「我想……我還是不要好了。」蕭天天面有難色，「我可不想和台灣黑熊或大猩猩搏鬥。」

「好吧，你們這群膽小鬼，那我就自己下去看看，如果到時候找到救兵，你們就不要哭著跑來求我。」

說完，包大膽隻身一人往洞穴口走去。

雖然其他人沒有下車，但全車的注意力依舊在包大膽身上，畢竟眾人也怕他真的會遇到什麼潛伏在深山裡面的野獸。

不到三分鐘的時間，包大膽人已經來到洞穴口，其實在這短暫的路程中，空氣裡充滿了包大膽的碎碎念，因為他無法理解為什麼這些人這麼膽小，連起身到洞穴察看的膽子都沒有。

「你們這群膽小鬼！膽小鬼！」就在包大膽邊走邊咒罵的時候，地上突然傳來喀啦一聲清脆的聲響，他發現自己似乎踩到了什麼硬硬的尖銳物。

「什麼東西……」低頭查看，包大膽發現自己踩到的居然是個八卦鏡。

儘管包大膽並不迷信，本身也沒有宗教信仰，但從小時候看港片的經驗中，他至少知道八卦鏡的用途。

在包大膽彎下腰仔細觀看這個八卦鏡的時候，洞穴裡突然傳來細微而清晰的呼喊聲。

「誰？」聽見聲音的包大膽起身。

「誰在裡面？」循著聲音的來源，包大膽繼續往洞穴深處探去，過程中，他不忘把口袋裡面的照明手電筒拿出來。

在包大膽走進洞穴後，眾人才慢慢將注意力從他身上移轉開來。

好巧不巧，包大膽走進洞穴沒多久，周遭開始起霧，這種霧氣雖然不至於完全遮蔽視線，但也足以讓遠方的物體呈現朦朧的樣貌，就像是沒戴眼鏡的高度近視患者所看到的世界，很多時候如果不刻意走近查看的話，甚至連前方站著的是人還是樹木都搞不清楚。

在等待包大膽回來的空檔，阿坤和蕭天天打開車後座拿出食物。

「兩位美女，這就是我們今天的晚餐。」回到車內，蕭天天將烤肉及麵包遞給雨涵及小青。

不到十分鐘的時間，阿坤及蕭天天帶回車上的食物馬上被吃完，此時原本透明的車窗玻璃已經完全霧化，待在密閉空間內，雨涵忍不住看了看手機上面顯示的時間，現在是傍晚五點多，按照目前天色的狀況，大概再過不到一個鐘頭，外面的天色就會全部暗去。

在剛吃飽，又沒有任何休閒娛樂吸引注意力的情況下，待在車內的四個人開始昏昏沉沉睡去。

洞穴內，包大膽循著剛才聲音發出的方向走過去，這個洞穴並不算小，儘管包大膽有將近快一百八十公分高，但按照洞穴的高度來計算，要容納兩個包大膽的高度是沒有問題的，至於裡面的格局則成長條狀，在這個洞穴裡面行走，就好像在一條深邃的長廊走路那樣。

一邊行走的時候，透過手電筒光線的照明，包大膽注意到洞穴牆壁上似乎有一條條刮痕。

「這個是……」湊上前的同時，包大膽將手電筒的光線集中在洞穴牆壁上。

這些刮痕呈現不規則的長條狀，如果從外觀來判斷，並不像是被流水沖刷過的樣子，而像是被某個尖銳的東西，例如美工刀或登山小刀之類刮過的痕跡。

然而進一步仔細觀察，這些刮痕的長度約二十公分、寬度則將近快一公分，如果是一般的美工刀或登山小刀，應該不至於留下這麼粗的痕跡。

再說，隨著手電筒的光線移動，包大膽發現這些刮痕遍布的位置，並不是只有洞穴兩旁的牆壁，而是連洞穴上方都有！

按照常理判斷，除非這個人有飛簷走壁的功夫，不然洞穴高度高達四、五公尺高，一般人根本難以在這樣的情況下，爬到洞穴頂部還留下這麼深刻的痕跡。

很快地，包大膽還注意到上方的刮痕不是只有在自己的頭頂周圍，而是一路延伸到更前方，那些連手電筒的燈光都快觸及不到的地方。

這不是人類可以幹得出來的……

這個念頭快速閃過包大膽的腦中。

但如果不是人幹的，又會是什麼動物留下的爪痕呢？

包大膽還來不及思考更多——

刷！

一雙血紅色的邪眼從黑暗的角落中浮現，並在漆黑潮濕的洞穴裡跟他雙目對視著。

隨著手電筒的光源打在這個東西身上，包大膽的眼睛瞬間布滿血絲且撐到最大——

啊啊啊啊啊啊啊啊啊！

一陣淒厲的尖叫聲傳出。
咚一聲，手電筒掉落在濕濘的地面上。
短路。
燈熄滅。

03

半夢半醒間，雨涵做了一個怪夢，她夢見自己和一群人被一團巨大的黑影追趕，但無論是這團黑影，還是身邊這群人的樣貌都十分模糊，從頭到尾讓她感覺最真實的，是那股被追趕所導致的極度壓迫感。

沒多久，他們這群人已經被這團黑影追趕到懸崖邊，但即便如此，這團黑影依舊不肯放過他們，隨著黑影步步進逼，他們這些人的空間也越來越被壓縮，雨涵感覺自己的後腳跟已經和峭壁邊緣接壤，只要再後退一步，再一步就好，她就要準備墮入萬丈深淵。

「不要……」退無可退的雨涵猛力搖頭，「不要……」

然而面對雨涵的哀求，這團黑影似乎沒有打算饒過他們的意思，仍舊以十分憤怒的姿態持續進逼。

「不要……」

「不要！不要！不要！」

「雨涵！」一陣嘶吼後的平靜，雨涵感覺有人在拍她的臉頰。

「雨涵，怎麼了？」

睜開眼睛仔細一看，自己依舊待在車內，而剛才拍打臉頰叫醒她的，是社長阿坤。

「怎麼了，做惡夢了？」阿坤斯文的臉龐出現在雨涵面前，加上那天生頗具磁性的嗓音，讓她突然有點害臊起來。

雖然進劇本創作社已經蠻長一段時間了，但過去雨涵從來沒有對阿坤有任何男女之情的遐想，只是唯獨在今天這個特別的場合，她突然覺得阿坤認真的樣子也還蠻好看的。

不過很快地，雨涵旋即恢復過往的鎮定，她打量了一下車內的情況，發現小青跟蕭天天都還沉浸在睡夢中。

回應醒來時阿坤的提問，雨涵緩緩吐出夢境的內容：「剛才，我做了一個惡夢，夢見自己跟一群人被一團黑影追著跑，跑著跑著就跑到懸崖邊。」說起這個惡夢的內容，雨涵還驚甫未定。

「然後呢？」阿坤斯文的語調又再度傳來。

「然後……就被你叫醒了。」雨涵看著阿坤。

「是嗎？」阿坤笑了笑，「我本來也在休息，但後來聽到妳不斷喊叫，想說不太對勁才叫醒妳。」

「我很少做惡夢的。」雨涵輕柔地說。

「可能是壓力太大了吧。」坐在前面駕駛座的阿坤喝了口礦泉水，「畢竟今天真的諸事不順。」

見雨涵沉默，阿坤看了看她，問道：「妳知道不同夢境所代表的涵義嗎？」

雨涵搖頭。

在又喝了口礦泉水後，阿坤耐心解釋：「因為我們家是書香世家的關係，書房裡面有很多關於占卜或解夢的書籍，我在從小受到書香薰陶的情況下，對夢境的生成及涵義也頗有研究。」

雖然阿坤表面上這麼說，但和之前對於山神的見解類似，其實這些關於夢境的解析，都是他做通識報告的時候從Google大神那裡學來的，不過這些雨涵當然不曉得。

見雨涵認真聆聽的模樣，阿坤又繼續說下去：「妳剛剛做的夢，用夢境的類型來說，是一種夢見自己被追殺的夢，這種夢是所謂的『壓力夢』，通常會做這種夢，可能代表最近有一些壓力困擾著妳，所以才會產生這種逼迫式的夢境。」

「妳現在回想一下，剛剛在做這個夢的時候，是不是覺得全身緊繃、四肢僵硬，就像是抽筋那樣？」

被阿坤這麼一問，雨涵回想剛才做夢的時候，身體的確不太聽自己的使喚。

見雨涵點頭，阿坤笑了笑，說：「我知道妳很擔心我們現在的情況，我跟妳一樣，也希望我們能夠趕快下山，我相信我們一定可以做到的，一定可以的。」

說到這裡，阿坤的右手順勢搭在雨涵細嫩的肩膀上。

雨涵下意識閃躲，而阿坤也識趣地馬上收手，兩人突然陷入一陣尷尬。

「包大膽還沒回來。」為了化解尷尬，雨涵假裝低頭看著手機上面顯示的時間。的確，距離包大膽下車到現在，居然已經過了半個鐘頭了。

「我也在想……或許我該下車去看看包大膽的狀況。」阿坤不自覺地看向車窗外頭，山谷的霧氣並沒有隨著時間過去而漸漸散去，原本結霧的車窗，此時依舊呈現全白色的狀態。

「現在天色晚了，外面起霧又這麼嚴重，一個人下車感覺有點危險。」雨涵露出擔憂的神情，「不然先把他們兩個叫醒，我們四個一起進去洞穴裡面看看？」

「看他們兩個睡得這麼熟，蕭天天還睡到流口水呢。」阿坤笑了笑，「不然我們兩個先進去洞穴裡面看看，妳覺得如何？」

針對阿坤突如其來的提議，雨涵沉默不語，畢竟兩個不算很熟的孤男寡女進去深山洞穴內，會發生什麼意外誰也無法保證。

雖然雨涵想當面回絕，但看阿坤一副認真的表情，她又不禁猶豫起來。

就在兩人雙目對視的時候……

啪！

一隻粗大黝黑的手掌蓋在前座右方的車窗玻璃上，因為手勁力道太強，整個車子像是地震般震了一下。

「啊啊啊啊啊啊！」除了雨涵和阿坤瞬間被這隻手嚇到外，原本沉睡的蕭天天也突然驚醒過來，「地震！地震！地震！」

「嗚啊啊啊啊！」

蕭天天在車內跳上跳下，整台車子都是他的尖叫聲。

被這麼一鬧，連小青都猛然驚醒，瞬間原本安靜到連呼吸聲都聽得到的車子，這會兒像是滾水沸騰的鍋子般，隨時準備引爆。

「不是地震啦，是有人在拍打車窗。」慌亂中，阿坤不停向蕭天天解釋。

「啊啊啊啊啊！」

「啊啊啊啊啊！」

「啊啊啊啊啊！」

在鬼吼鬼叫好一陣子後，蕭天天終於安靜下來。

砰！砰！

剛才那隻粗大黝黑的手掌，此時又沉重地拍打車窗兩下，每一下都讓眾人心驚膽戰。

距離最近的阿坤，伸出手掌將車窗玻璃上面凝結的霧氣通通擦去，透過這面車前座右方的車窗玻璃，眾人終於看清楚了站在車子外面的這個人到底是誰……

是包大膽。

儘管天色偏暗，但在微弱光線的輔助下，眾人仍能從五官、身材及穿著來確認這個人確實就是包大膽沒錯。

在確認是自己人後，阿坤打開前座車門讓包大膽進來，開車門的瞬間，濃濃的白色煙霧順著車門縫隙滲透進車內。

沉默不語的包大膽夾雜著霧氣鑽進車內，坐到阿坤旁邊的車椅上。

見包大膽一副死氣沉沉的模樣，蕭天天忍不住打破沉默詢問：「剛剛你是跑到哪裡去了？我們等你等到都睡著了！」

「沒事。」口中擠出這幾個字後，面無表情的包大膽旋即又恢復剛才的沉默。

眾人相互對視，誰也不知道包大膽到底遇到了什麼事。

「你剛剛不是要找走進洞穴的那個人，後來有找到嗎？」這會兒換阿坤詢問。

「沒有。」包大膽頭低低的，「沒有看到人。」

「那你進去洞穴這麼久，有看到什麼特別的東西嗎？」阿坤持續追問。

「沒有，什麼也沒有看到。」包大膽繼續低著頭。

「沒有你還進去這麼久，如果今天是我的話……」

「不要再說了好嗎！」包大膽一陣嘶吼打斷阿坤的話，那激烈的反應讓全車瞬間陷入一種劍拔弩張的態勢。

眾人看著性情大變的包大膽，雖然心中有著眾多的疑惑，但誰也不想在這時候拉高衝突的場面。畢竟，在山難的時候撕破臉，對誰也沒有好處。

「那你要不要吃點東西？趁你進去山洞的這段時間，我們都已經吃飽了。」蕭天天看著包大膽。

包大膽面無表情地點點頭，眾人相互對視幾眼後，由蕭天天負責到車後座拿食物及飲水給包大膽。

「我們今天真的要在這裡過夜嗎？」小青降下車窗，看著外面已經全黑的天色。

「現在山谷霧氣還很濃，晚上開車又危險，待在這裡過夜是最保險的做法。」基於安全，阿坤死也不肯改變原本的想法。

「希望明天一覺醒來，天氣可以恢復晴朗的模樣。」雨涵手托下巴期盼著。

「總之，就先待在車裡面休息吧，現在外面天色暗了，霧氣又這麼濃，大家晚上沒事不要亂跑，免得到時候發生什麼意外。」阿坤再三提醒。

「那半夜尿急怎麼辦？」蕭天天提問。

「到車旁的樹叢小解，不然就是尿在褲子上。」

聽到阿坤的回答，蕭天天用嘖一聲回應。

在沒有其他事情可做的情況下，眾人只能養精蓄銳繼續休息。

越野休旅車的車椅睡起來並不是太舒服，儘管身體疲憊，雨涵依舊翻來覆去好一會兒才睡去。

和之前做的那個壓力夢的感覺類似，雨涵夢到自己被一團黑影追著跑，在做這個夢的當下，雨涵其實知道自己正在做夢，但就跟鬼壓床的道理一樣，即便知道卻無法輕易從這個惡夢裡脫身！

半夢半醒間，雨涵發現自己的身體在發熱，頭也像裂了兩半似的疼痛不已，那原本乾燥的上衣已然濕透，呼吸則隨著夢境的深入變得越來越急促。就跟登山時低壓或缺氧所導致的登山症那樣，她覺得自己陷入了呼吸困難的險境當中！

危急裡，雨涵感覺到自己的手掌被牢牢地緊握，耳邊則傳來模糊的呢喃聲，從聲音的語調聽起來，對方似乎是想喚醒自己，不要讓她繼續深陷險境當中。

一番掙扎後，雨涵終於尖叫一聲醒了過來。

緩緩睜開眼睛，雨涵發現自己依舊待在車子裡面，阿坤、蕭天天、小青、包大膽……四個人以圍觀的姿態看著她。

「妳還好嗎？」眾人擔憂地看著雨涵。

「我們……我們現在是在哪裡？」雨涵此時就像是運動拉傷那樣全身痠痛。

「我們已經下山了。」阿坤用富有磁性的嗓音回答。

「下山？」

「對啊，妳已經睡了整整快一天了。」蕭天天在旁搭腔。
「我睡了這麼久？」雨涵按按自己的頭，儘管已經醒來，但她的頭依舊有點昏昏沉沉的。
「嗯，途中我們試著叫醒妳很多次，但妳都一直醒不過來。」小青看著雨涵。
「我做了惡夢。」
「跟之前一樣的惡夢嗎？」阿坤問。
雨涵點點頭，「那我們現在人在哪裡？」
「我們已經回學校了。」阿坤回答。
「我們是怎麼找到下山的路？」面對這突如其來的轉折，雨涵一時之間還無法意會過來。
「隔天一早霧就散了，等霧散去後，我開車繞了一陣子，後來被上山的救難隊看到，在這些人的協助下，我們終於順利離開那座山，回到台北。」
「原來是這樣啊……」雨涵的語氣聽起來還是有點虛弱。
「我們現在在學校後門口外面的停車場。」說到這裡，阿坤抬頭看著眾人，對眾人說道：「我車就先停在這裡，等等要麻煩大家各自走回去了。」
「好。」眾人稀稀落落回應。

04

K大是一間位於大台北地區的私立大學，當初在大學選填志願的時候，班上同學就繪聲繪影流傳說，選填志願盡量要填台北的學校，理由是台北的生活比較多采多姿，所以假設分數能夠同時上南部後段的國立大學，以及台北老牌的私立大學，那與其選擇後段的國立大學，還不如想辦法待在台北比較好。

身為南部土生土長的小孩，雨涵從高中時就一心一意想要到台北看看，儘管自己大考有點失常，不過最後仍然能夠順利分發到現在這間老牌的私立學校。

K大校內的科系眾多，雨涵就讀的是中文系，一個被身邊長輩看衰出路的科系，但從小雨涵就喜歡閱讀，對於寫作也十分有興趣，所以選填中文系，雨涵從來沒有後悔過。

如願待在台北生活後，雨涵也漸漸適應大學生活，然而K大有個讓雨涵覺得比較不方便的地方，就是學校的位置有點偏僻，無論是校區還是宿舍，都位在有點海拔的山上。

通常大一的時候，大家都還會乖乖住在學校的宿舍，但等到大二之後，有些已經死會的同學，就會和男友或女友搬到校外宿舍同居，畢竟找個平地的宿舍，吃喝玩樂也方便得多。單身的雨涵並沒有像那些人一樣跑到校外找宿舍，而是選擇繼續住在學校裡面的女宿。

關於單身這檔事，雨涵其實也有點無奈，雖然從進到這間學校開始，她就陸續遇到一些學長的追求，但和這些人相處的過程中，雨涵始終覺得少了些什麼。拖著拖著，今年也升上大二了，對於心中的白馬王子始終沒有現身，雨涵也有點著急，然而抱持著寧缺勿濫心態的她，並不想急就章發展一段感情，而是每天祈禱那個對的人趕快出現。

和雨涵同樣單身的是她的室友兼好友小青，兩人是因為住在同一間學校宿舍而認識的，雖然彼此個性還算合得來，不過小青並不是中文系的學生，今年同樣大二的她，就讀的是K大國貿系。

儘管同樣是單身的狀態，和雨涵的長年單身不同，聽說小青交過幾任男朋友，只是維持的時間都不長。對小青來說，交男友就跟挑衣服一樣，「再換一件就有了」。

與兩人同住的還有另外兩位室友，芸茜和依婷。芸茜是生科系的學生，不似雨涵的文靜與心思細膩，她的個性比較男人婆而且少一根筋，和男生打成一片對她來說並不是很困難的事情；至於依婷則是觀光系的學生，她的個性外向、喜歡往外跑，每值舉辦活動的期間，三天兩頭沒回宿舍都是家常便飯。

當雨涵和小青走回女宿的時候，芸茜和依婷都不在房間裡面，兩人將包包行李放在地上，隨後便一起到浴室盥洗。

K大的女宿是採雅房格局，也就是臥房裡面並沒有浴室跟廁所，而是以公用的方式分別獨立開來。

女孩子的洗澡是個特別活，等兩人回到房間的時候，已經是晚上八點多了。

「雨涵，妳現在身體好一點了嗎？」在整理房間的時候，小青依舊擔心雨涵的身體狀況。

「好不少了。」

「是說……剛剛在車上來不及問，妳到底做了什麼惡夢啊？」小青不解地看著雨涵。

「我夢見有一團黑影追著我跑。」

「追著妳跑？」

「嗯。」

「妳看不清楚那團黑影到底是什麼嗎？」

雨涵搖頭。

「好吧，或許今天發生的事情讓妳壓力太大了。」

「嗯。」

「還好後來我們順利下山了，真的是虛驚一場。」小青嘟起嘴巴。

「妳覺得包大膽在山洞裡面遇到什麼？」雨涵反問。

「不知道。」小青搖搖頭，「我只覺得他好兇好暴力喔。」

「我也這麼覺得，而且有好幾次他看我們的眼神都是色瞇瞇的。」雨涵順便把自己的觀察告訴小青。

「其實如果不是這麼暴力的話，他的樣子我可以欸。」說到這裡，小青不只壓低音量，還俏皮地吐了吐舌頭。

「沒想到包大膽居然是妳的菜。」

「對啊，妳對他沒感覺嗎？」

「完全沒有。」

「好吧。」

「聽說他有女友了喔。」雨涵提醒小青。

「是嗎？」

「嗯，聽說他有個校外女友，我也是無意間知道的。」

「這樣啊。」在停頓幾秒後，小青問道：「那妳覺得阿坤學長怎麼樣？」

被小青這麼一問，雨涵頓時不知自己該如何回答。

小青似乎看穿雨涵的心思，她有點半開玩笑似的問道：「妳是不是有點喜歡阿坤學長啊？喜歡就不要害臊。」

「我……」經過一陣仔細的思考，雨涵細膩地說出自己整理過後的感覺，「我覺得他斯斯文文的，說話的嗓音也蠻好聽，但是我不確定自己是不是真的喜歡他，或許是因為我從來沒有和男生交往過，所以我不知道這種感覺到底算不算得上是一種喜歡。」

而這也的確是雨涵的真心話，儘管今年已經二十歲，但她對於男生以及戀愛的想像，都是來自於從小看的愛情小說，她知道愛情大概是什麼模樣，但卻始終沒有親身經歷過。

「什麼樣的感覺？」小青忍不住追問。

「有點難以形容，就是覺得對方的某些特點還不錯，但有時候相處，卻又覺得對方不夠真誠。」

「妳覺得他哪裡不夠真誠？」小青看著雨涵。

「我也不知道欸……就是一種直覺吧，總覺得他不是個很專一的人。」

聽雨涵這麼說，小青噗哧一聲笑了出來。

「幹嘛偷笑？」

「沒事。」話雖這麼說，小青依舊掩飾不住嘴邊的笑意。

「到底哪裡好笑？」

止住笑聲後，小青才認真對雨涵說：「雨涵，這年頭要找到專一的愛情，比考上台大還要難。」

「可是我覺得至少……我沒有要求一定要跟同一個對象從一而終，但至少在交往的過程裡，要能感受到對方認真對待這段感情的態度。」平時不太擅長理性思考的雨涵，此時努力嘗試將腦中的思緒理出一片邏輯來。

「雨涵，我知道妳的個性比較天真浪漫，但是等到妳愛情方面的歷練多了，也經歷過一些感情的波折，就會知道其實忠貞的愛情根本不存在。越認真，到最後傷得越重的是自己。」小青以宛如沙場老將的口吻告誡雨涵。

「如果是這樣，那交往的意義到底在哪裡？」

被雨涵這麼一問，小青聳聳肩，「我有時候也會思考這個問題，也許……單純只是空虛寂寞覺得冷，想找一個人陪伴吧。」

兩人相識一年多，雨涵覺得小青其實是個不難相處的女孩，不過偶爾閒聊聊到愛情觀的時候，她總覺得彼此的觀念不大相同。

相較自己對於理想愛情的嚮往，小青的愛情觀顯得比較悲觀，她的經典名言為「交男友就跟挑衣服一樣，再換一件就有了」。

對於情場老手的小青來說，這世上沒有真正忠貞的愛情，所以與其等到事後被傷害，還不如先下手為強。

在這個自由開放的社會，每個人都有每個人的想法，或許……自己的想法真的太天真了吧。

雨涵的內心如此想著。

05

雖然那天社遊遇到了一些怪事，不過在經過一段時間的平靜後，雨涵倒也逐漸淡忘這件事。

如同以前那樣的校園生活，她每天上課、下課，隨著期中考的逼近，本來就少去的劇本創作社，這陣子倒是一次社課都沒參加。

為了應付下週的小考，儘管外面天色已暗，雨涵依舊待在圖書館裡面認真K書。

按照雨涵的習慣，她喜歡待在圖書館比較高的樓層，例如六樓或七樓，通常越高的樓層人越少，這樣讀書的時候也比較不會受到干擾。

埋首在書堆間，雨涵認真地邊翻書邊做筆記。

就在稍微喘息的片刻，她的眼角餘光瞄到斜對面的位置上，有個胖胖戴眼鏡的男生在偷看她。

雖說是斜對面，但兩人並沒有坐在同一張桌子上，而是隔了條走道，因此彼此的距離其實有快十公尺之遠。

和許多男生偷看異性時被發現的反應一樣，這個眼鏡男轉頭將視線轉移到其他地方去。

眼見對方沒有再繼續偷看自己，覺得沒必要大驚小怪的雨涵，又繼續把注意力放在書本上。

隨著時間過去，圖書館的人越來越少，整層樓到後來，就只剩雨涵和眼鏡男兩人。

隔著堆積如山的書本，雨涵忍不住透過縫隙偷看眼鏡男到底在幹嘛。

不看還好，越看越讓雨涵覺得詭異。

眼鏡男頭低低的，看著桌面不知道在想什麼事情，至於他的桌子上什麼東西都沒有，沒有書、沒有筆記本、沒有隨身聽、沒有礦泉水……如果說之前只是暫時休息就算了，但從剛才到現在，應該過了至少有兩個小時吧，兩個小時的時間，眼鏡男都坐在位子上沒有做任何事情？這人也太奇怪了吧！

雨涵伸手將手機從包包裡面拿出來，上面顯示的時間是晚上七點五十二分，距離圖書館閉館只剩下大約一個小時左右，雖然自己還有些書沒讀完，但與其繼續在這個空間和眼鏡男獨處，倒不如提早打包回宿舍休息。

決定好這麼做後，雨涵用最快的速度將桌上的東西收拾進包包，接著起身準備離開七樓。

就在她準備轉身往電梯走去的時候，原本低頭看著桌面發呆的眼鏡男，此時居然也跟著起身！

「二樓……三樓……」在電梯前面苦苦等待的雨涵，暗自祈禱對方不要真的走過來。

叮咚。

電梯的門打開，雨涵用最快的速度進到電梯裡面，按下關門鈕。

電梯關門的時候，雨涵透過縫隙看到眼鏡男朝電梯口走過來，但還有一段路程。

直到電梯確實關上門，並開始往樓下移動，雨涵才鬆了口氣。

「是怎麼了嗎？」經過一樓時，櫃台小姐好奇地看著她。

「沒有……沒事。」雨涵快步離開圖書館。

此時天色已晚，路上行走的師生寥寥可數，原本以為這樣就可以擺脫眼鏡男糾纏的雨涵，萬萬沒想到才離開圖書館走一小段路，透過道路反射鏡的反照，她發現眼鏡男就在不遠的地方尾隨自己！

雨涵所住的女宿，如果是用步行，距離圖書館大約有十多分鐘的路程，按照她原本習慣走的路徑，中途會經過學校最外圍那段有點偏僻的山路，但今天受到眼鏡男的影響，雨涵特別改變行走的路線，她在校園裡面來回穿梭，想藉由毫無邏輯的行進方式來甩脫對方。

在經過籃球場後，雨涵先左轉來到水池，接著她穿過水池廣場來到系館，最後繞過滾球場旁邊的小路，一路轉進通往女宿的大道。

過程中，雨涵發現眼鏡男不見了，遇到這樣的情況，她終於稍微鬆了口氣。

或許……剛才真的只是巧合吧，對方只是剛好也要離開圖書館而已。

想到這裡，覺得自己有點小題大做的雨涵笑了笑，拿出學生證準備開門。

又看到了！

就在自己距離女宿門口不到十公尺的距離，雨涵從眼角餘光注意到左方不遠處有個熟悉的身影，是剛剛在圖書館裡面盯著她看的眼鏡男！
只是這次眼鏡男並沒有看著她，而是面向路邊的牆壁發呆。
與其繼續想下去，還不如趕快落跑，雨涵三步併作兩步來到女宿門口，刷一聲，她成功進到宿舍裡面。
就在宿舍自動門合上的瞬間，雨涵特地轉頭回去看，門外沒有任何人，一個都沒有。
現在是晚上八點半，和平常多數時候一樣，自己是最早回到寢室的那個人。
來到位於二樓的206寢室，雨涵用密碼鎖打開房門，進到寢室裡面。
其實認真說起來，另外三個室友的個性都比自己活潑，也比自己擅長交際。雨涵也不是故意要耍孤僻，只是文靜是一種天生的特質，她知道這樣的特質在現在的社會很吃虧，無論是在學校還是職場都是，但她不想為了討好別人而過度扭曲自己，好在三個室友都算蠻好相處，並沒有因為彼此人格特質的差異而發生衝突。
和不少大學宿舍相同，K大的四人房女宿是採上下舖設計，上下舖之間有鐵梯可以使用。上舖固定是睡覺的地方，而下舖則是書桌、抽屜、置物箱、衣櫃等生活設施跟設備。
直接面對寢室大門口的是窗戶，從窗戶可以看到樓下廣場的動態，想到剛剛尾隨自己的眼鏡男，雨涵又走到窗戶旁邊查看，不過那個眼鏡男已經消失了。
不死心的雨涵待在窗戶旁邊幾分鐘，在確認樓下真的沒有任何異狀後，她手捧著衣物走到公共浴室盥洗。

嘩啦啦的水流從蓮蓬頭灑下，獨立隔間內，雨涵倒了一些洗髮精到頭上，在抓洗的瞬間，她聽到有人走進浴室裡面。

這個腳步聲感覺有點遲疑及沉重，似乎不像是一般女孩子的腳步聲。

很快地，這個腳步聲已經來到雨涵所在的隔間外面，透過隔間底部狹窄的縫隙，雨涵看到外面這個人的腳。

沒看還好，一看讓雨涵的心跳瞬間加速！

為什麼？因為門外那雙腳的腳趾外型粗胖，讓人忍不住聯想起從圖書館一路尾隨自己到宿舍外面的那個眼鏡男！

還來不及有更多的思考跟反應，這個人已經叩叩叩敲起門來。

「誰？」雨涵的聲音細如蚊子。

對方不回應，依舊繼續叩叩叩敲著門。

「誰？」雨涵又不死心地再問一次，但對方依舊不回應。

要開門嗎？

內心天人交戰的雨涵，最終決定以不打草驚蛇的方式應付對方。

在保持蓮蓬頭沖水的情況下，她用最快的速度將衣服穿好，並偷偷提起蓮蓬頭……

「啊！」

在開門的瞬間，手持蓮蓬頭的雨涵朝對方掃射水柱。

「痾……」一個胖胖的女孩子被雨涵的攻擊淋成落湯雞。

「妳是？」

蓮蓬頭砰一聲掉到地上，雨涵吃驚到連蓮蓬頭的開關都忘記關上。

「我剛剛走到淋浴間，才發現自己忘了帶洗髮精跟沐浴乳，想說借妳的用一下，結果就被妳這樣噴。」摸摸自己溼淋淋的衣服，對方露出倒楣的表情。

「喔，那還真是不好意思。」雨涵鞠躬道歉。

「嗯嗯，先把蓮蓬頭關上吧。」對方看著地上還在噴水的蓮蓬頭。

在雨涵把蓮蓬頭關上後，對方又繼續說：「剛剛忘了先回應妳，這是我的不對，只是我沒料到妳的反應會特別激烈，畢竟大家都是女生。」

「喔……」針對對方的疑問，雨涵欲言又止，畢竟今天的眼鏡男事件，她也不太確定是不是自己胡思亂想。

「我以前好像……沒看過妳？」因為不知道要怎麼回答，雨涵只好轉移話題。

「我是日文系大二的學生，原本住在五樓，這學期剛跟室友搬到二樓來，之後有機會我們應該會常常遇到。」

「喔，原來是這樣子，那真的是很不好意思。」雨涵又向對方道了個歉。

「沒關係，大家這輩子有緣一起住在這裡當室友，也算是一種緣分。我這個人平常不喜歡拐彎抹角耍心機，但有時候講話比較直接，如果有讓妳覺得不太舒服的地方，麻煩請妳多多包涵。」

「嗯，會的。」

「那妳可以借我洗髮精跟沐浴乳了嗎？」對方看著放在雨涵後方置物架上面的盥洗用品。

「可以，我洗得差不多了，妳就先拿去用，等等再還我就好了。」雨涵將洗髮精跟沐浴乳遞給對方，「我住206寢，等等妳拿到206寢給我就好了。」

「好，謝謝妳了。」在離開前，對方又不忘補充：「對了，我為人比較海派，所以有個綽號叫大姊頭，以後妳叫我大姊頭就好了。」

「喔喔，好的。」

「那我該怎麼稱呼妳呢？」對方看著雨涵。

「我叫雨涵，妳就直接叫我這個名字就好了。」

「雨涵啊，這名字蠻好聽的。」

「那我可以知道妳的本名嗎？」雨涵反問。

「我叫郁萱，莊郁萱。」

「喔喔，了解。」

「不過妳還是叫我大姊頭，我會比較習慣啦，叫我本名反而覺得不自在。」對方爽朗地呵呵笑。

「好的，那以後就請大姊頭多多指教了。」

「沒問題！」大姊頭拍拍雨涵的肩膀，「以後妳被哪個男生欺負了，就儘管來找我，我會想辦法替妳出氣的！」

回到寢室後，雨涵躺在床上回想剛剛在浴室發生的事，雖然大姊頭這個人看起來蠻好相處的樣子，但自己住在女宿這麼久，還真的沒見過這號人物。

想到這裡，雨涵翻來覆去始終覺得有點奇怪。

06

「親愛的學妹，我真的不是故意在期中考月舉辦家聚，只是日理萬機的學長我，最近真的忙到很難抽空聚餐，所以只能利用今天的空檔請妳們吃飯。」學校附近的速食餐廳二樓，大四的直屬學長阿肯對著雨涵及大三的直屬學妹怡婷說話。

以一般大學生的家聚規格來說，請吃麥當勞算是有點敷衍的行為，但這並不是偶然，而是因為阿肯自就讀K大以來就十分飢渴，身為學長的他，接連追求直屬學妹怡婷及雨涵失敗，在惱羞成怒後，家聚就從王品降級成麥當勞。

關於肯家（以阿肯為大家長命名而來）為什麼沒有大一學弟妹這件事，其實和招生脫離不了關係，因為直屬的規則原本是一個學長姊配一個學弟妹，但每屆招生進來的人數各不相同，所以難免會造成這屆某個學長收兩個學弟妹，下屆某個學姊連一個學弟妹都收不到的情況發生。

在麥當勞靠窗的座位，三人享用著大雜燴團體餐。

所謂的大雜燴團體餐，總共包含了三杯飲料、雞塊雞腿分享盒、三杯冰炫風，以及一盒四季沙拉。

畢竟阿肯學長是請客的人，這樣的菜單雖然不見得合兩個女生的胃口，不過反正只是吃一餐而已，倒也不需要要求太多。

「來來來～吃，別客氣。」阿肯學長招呼兩人用餐。

雨涵拿起一塊麥克雞塊，放到糖醋醬的塑膠盒裡面沾了沾後，放進自己的嘴巴裡面。

「那個雞，我是說雞塊好吃嗎？」阿肯學長看著雨涵。

「普通。」回答的時候，雨涵試圖避免和阿肯學長的目光正面交集。

怡婷伸手從薯條紙盒抽了根薯條出來。

「哇，學妹妳拿的這根又大又香欸。」阿肯學長用目瞪口呆的眼神看著怡婷手上的薯條。

「是還挺不錯，只可惜有點軟。」怡婷順水推舟回答。

看著阿肯學長尷尬的表情，兩個女生有默契地偷偷相視而笑。

「好啦，那我也要準備吃薯條了。」阿肯學長以娃娃音的口吻裝可愛。

喝了口可樂，阿肯學長的手伸向薯條紙盒拿薯條。

途中，他又像以前聚餐那樣，說些自以為好笑，但其實並不好笑的笑話。

聽阿肯學長整天盡說些不正經的話，怡婷面帶不悅地放下手邊的食物，「不好意思，我要去一下廁所。」

說完，她起身往洗手間走去。

看到怡婷離開座位，阿肯學長接續沒吃完的薯條。

在阿肯學長的努力下，沒多久，桌上的食物就快要見底。

低頭偷偷瞄了一下手機顯示的時間，雨涵真希望家聚趕快結束，對她來說，家聚就是一種徒具形式的東西，雖然的確是有直屬上下關係很好的例子，但這絕對不適用在自己和阿肯學長的關係上，兩人明顯磁場不合，只是單純因為抽籤強制被分配在一起。不過話說回來，同樣身為直屬的怡婷學姊就好得多，怡婷學姊對自己其實還不錯，有時候會關心自己的課業狀況，有時候會抽空聊聊對未來的想法，或是趁彼此生日的時候送對方生日禮物等等。

就在各種回憶及想法佈滿腦中的時候，突然——

一個坐在斜對面角落的熟悉身影吸走了雨涵的注意力。

眼鏡男又出現了！

同樣的黑框眼鏡、肉胖體型、額前瀏海、素色五分袖古裝……

在仔細觀察一陣子後，雨涵絕對確定，這個人和上次在圖書館裡面遇到的那個眼鏡男是同一個人！

這次他依舊一語不發，看著桌面不知道在想什麼事情。

怪咖。

「欸，現在都我在吃，學妹妳也幫忙吃一點嘛！」原本埋頭苦吃的阿肯學長，此時忍不住抬頭看著雨涵。

「喔。」雨涵趕緊轉移視線。

「妳在看誰？」阿肯學長搖晃著頭。

「沒事。」雨涵趕緊用吸管吸了口檸檬紅茶作為掩飾。

突然，阿肯學長露出恍然大悟的表情，他用帶點故意的語調說話：「齁～我知道了！妳在偷瞄男生齁？」

這故意提高的說話音量，到了足以讓附近的人都聽見的程度。

「哪……哪有！」如果不是犯法的話，滿臉通紅的雨涵真想活活把阿肯學長給掐死！

坐在附近位置上用餐的人，在聽到兩人的對話後轉過頭來，露出好奇的表情，但過沒多久又撇過頭去，裝作若無其事的樣子繼續聊天。

雨涵不確定眼鏡男有沒有聽到阿肯學長的那句話，但她至少確定，在阿肯學長說出那句話後，眼鏡男緩緩從座位上起身，循著樓梯走了下去。

07

回到女宿，小青坐在椅子上面吹頭髮。

「今天家聚還順利嗎？」小青看著剛進門的雨涵。

「幹嘛臉色那麼難看，還不講話。」吹頭髮的小青忍不住咕噥。

等雨涵回到自己座位，她用認真的表情對小青說：「小青，我最近遇到一個怪人。」

「怪人？」小青依舊吹著頭髮，「什麼怪人？」

「有個看起來大約三十歲左右的男生，最近一直出現在我身邊，還不時會偷瞄我，但我完全不認識他。」

聽到這話，小青關掉吹風機，噗哧一聲笑了出來。

「現在不是偷笑的時候啦。」雨涵嘟起嘴巴。

「妳遇到他幾次？」小青問。

「總共算三次吧，第一次在圖書館，第二次在女宿外面，第三次是今天麥當勞家聚。」

「三次不算太多吧，有可能這個人也是學校裡面的學生，圖書館跟麥當勞都是公共場合，搞不好人家真的剛好去K書或去吃飯啊。」

「三十歲還在念書會不會有點老？」

「很正常啊……碩士生、博士生，或是人家其實是剛進學校教書的助理教授也說不定。」

「不過……」在想了想後，雨涵又繼續說：「我遇到他的這幾次，我發現他常常低頭看著桌面發呆，或是站在路邊看著牆壁，就算像妳說的，是去圖書館K書或去麥當勞吃飯好了，那桌上至少會有一些東西吧，書本或餐點之類的，但他什麼都沒有，感覺就只是故意出現在我周遭。」

「搞不好人家暗戀妳。」小青嘻嘻笑。

「我又不認識他，更何況……這種行為已經快要變成跟蹤了吧！」

「唉唷，這代表妳行情好啊，妳沒聽過一句話，『花若盛開，蝴蝶自來。』」

以為這樣可以安慰對方的小青，看到雨涵依舊悶悶不樂的模樣，便試探性問道：「剛剛說了這麼多，還是妳有這個人其他特徵，這樣我下次好幫妳留意。」

既然小青都這麼說了，雨涵把眼鏡男的特徵告訴小青，諸如身高、體型、髮型、膚色、穿著等等。

聽完雨涵的描述，小青露出了怪異的表情。

「幹嘛這種表情？」雨涵看著小青。

「妳說的這個男生……」小青呼吸變得急促。

「怎麼了？」
「他……」
「嗯？」
「感覺好像會是我的菜欸……」
聽到小青這番話，雨涵差點沒暈倒。
「真的啊。」小青解釋，「我喜歡比較大隻一點的男生，這樣在他旁邊才比較有安全感。」
「包大膽不也是妳的菜嗎？」雨涵想起小青之前說過的話。
「對啊，好啦，其實阿坤學長也算長得不錯看啦，不過既然妳對阿坤學長有好感，那我就不跟妳搶囉。」小青竊笑幾聲。
「妳想太多，我也還沒完全確定自己對阿坤學長的感覺好嗎。」雨涵覺得好氣又好笑。
「好啦好啦，不鬧妳了。」停止嘻鬧，小青轉而露出認真的表情，「關於妳說的這件事，我是覺得可以再觀察一陣子看看，搞不好真的只是巧合而已，但如果對方持續一直騷擾或跟蹤的話，那就要考慮進一步的動作。」
說到最後，小青不忘補充：「另外，最近注意一下，平時最好少落單，晚上也不要一個人到比較偏僻的地方，免得發生什麼意外。」
「其實我想到一件事。」雨涵看著小青。
「什麼事？」

「我打算下次再看到這個人，就用手機把對方的樣子拍下來。」

「欸，這個我贊同。」小青也點頭同意。

08

從那天開始，雨涵就特別注意眼鏡男有沒有繼續出現在自己的生活周遭。

而這一切也沒有讓雨涵等候太久，就在一個陰鬱的午後，正當雨涵上完通識課準備從山路回到女宿時，她發現那個眼鏡男又在距離自己約十多公尺的地方，鬼鬼祟祟地跟蹤自己！

眼鏡男的手上沒有捧著書本，肩膀也沒有揹著任何行李或包包，讓人無法得知他每天像遊魂一樣走來走去，到底是想要幹嘛。

而且……這人每次都穿同一套古裝，他都不用換洗的嗎？怪咖。

算一算，這距離上次在麥當勞看到眼鏡男也才過了不到一個禮拜的時間，隨著見到眼鏡男越來越多次，雨涵逐漸有種感覺，她總覺得眼鏡男少了一種常人該有的氣色，如果要說面如死灰嗎？倒也不至於，但就是缺了點生氣，就好像在醫院見到的那些氣色不太好的病人那樣。

抓準這個機會，雨涵趕緊拿出手機，表面上假裝在拍風景，實際上則是留下眼鏡男跟蹤自己的證據。

走著走著，眼鏡男突然就不見蹤影了。

回到女宿後，雨涵先把房門關上，現在天色還沒全暗，其他室友大概都還在上課或是社團活動，整間寢室只有自己一個人。

從包包裡面掏出手機，滑著這幾張今天剛拍下的照片，雨涵陷入了一陣思考。

透過傳輸線，她將這幾張照片先上傳到電腦硬碟備份。

就在檔案傳輸完成時，門外突然傳來叩叩叩的敲門聲。

「誰？」雨涵從椅子上起身。

「是誰？」她走到房門旁邊，但如果對方沒有回應的話，自己是絕對不會主動開門的。

「是我啦。」門外傳來熟悉的嗓音，「大姊頭。」

一開門，果然是手捧著巧克力蛋糕的大姊頭站在門口，但除了她以外，還有另外兩位體型跟她差不多的女生，以一左一右的方式站在大姊頭身後。

見雨涵露出訝異的神情，大姊頭先將手中的蛋糕遞給雨涵，接著解釋道：「這是我們慶功宴多出來的蛋糕，想說上次欠妳一個人情，所以這次特地拿過來送給妳。」

「那還真是謝謝妳哦。」雨涵看著手中的蛋糕。

「小事一樁，沒什麼的。」拍了拍胸脯，大姊頭開始介紹她身後這兩位女生給雨涵認識。

「她們原本也是跟我一樣住在五樓，這學期一起搬到樓下來。左邊這位是美琪，右邊這位是欣芸，但跟我一樣，她們都不太喜歡被叫本名，所以以後妳遇到她們，就叫她們二姊頭跟三姊頭吧。」大姊頭分別朝美琪及欣芸看了一眼。

在大姊頭介紹的同時，雨涵也向兩人點頭致意。

「我們都是日文系大二的學生，系上的同學都叫我們日文系三姝。」美琪說。

「日文系三姝？」

「嗯嗯，對。」大姊頭點了點頭。

「好了，那今天就先這樣了，以後有空再來妳們這邊串串門子吧。」

說完，三人緩步離開206寢。

待日文系三姝走遠，雨涵將房門關上。

躺在床鋪，雨涵回想大姊頭這人給她的感覺，相較一些表裡不一、工於心計的女生，大姊頭直率的個性雖然罕見，但給她一種還蠻舒服的感覺。

等小青回來時，已經晚上快十點了。

一聽到小青進門的聲音，雨涵便從上面的床鋪下來。

「幹嘛匆匆忙忙的？」小青走到自己的位子上放包包。

「小青，今天有大發現。」

「什麼大發現？」

「我拍到那個眼鏡男的樣子了。」雨涵邊說邊打開手機。

「真的嗎？」

看到雨涵展示的相片，小青露出了驚訝的表情。

「這個人……」

「怎麼了？」

「我最近看過這個人好幾次欸。」小青驚呼。

「是嗎？」雨涵追問，「在哪裡看到這個人的？」

「都是在學校裡面。」小青的語氣十分篤定，「例如學餐外面、羽球場、後山坡道……」

「妳在後山看過這個人？」雨涵水汪汪的眼睛睜得大大的。

「嗯嗯，對。」小青點點頭，「而且還不只一次喔。」

「那妳看到他的時候，他都在幹嘛？」

被雨涵這麼一問，小青歪著頭想了想後，回答：「其實跟妳之前說的差不多欸……要不是一個人走在路上，就是獨自站在路邊發呆，不知道在想什麼事情。」

「欸……妳覺不覺得這個人有點奇怪。」雨涵壓低音量，表情滿是認真。

「妳覺得他奇怪的點在哪裡？」小青問。

「有點難以形容欸……就是他的舉止感覺有點反常。」雨涵思索了之後回答。

「可是雖然他頻繁地出現在我們周遭，但也沒做出什麼逾越界線的舉止，所以我們好像也拿他沒辦法欸。」小青看著前方，「搞不好……人家只是一個個性孤僻，沒什麼朋友的理工宅男而已。」

聽小青這麼說，雨涵覺得好像也不是完全沒有道理。畢竟……除了被對方尾隨跟蹤外，好像真的也沒有出現什麼異常狀況。

「妳覺得我們接下來該怎麼做？」雨涵問小青。

「我覺得先不要打草驚蛇。」小青嘟起嘴巴，「如果我們太早下判斷，直接斷定對方是變態，到時候風聲傳了出去，發現其實只是誤會一場，那我們反而沒有台階下。」

「這件事情，要讓芸茜跟依婷知道嗎？」

「我覺得可以告訴她們沒關係，畢竟對陌生人的提防是該有的，但不需要太大驚小怪。」小青看著桌子上面的彩繪馬克杯。

09

雖然位在山上，但K大是個學生人數破萬的學校，平時校園內來來往往的人群並不少，直到週末來臨，一些學生要不出遊、要不返鄉，校園裡面倒是安靜了下來。

絲絲細雨中，雨涵撐著傘從女宿走到行政大樓處理一些庶務，就在她辦理好事情，離開行政大樓準備回宿舍的途中，突然在對面的農學院系館，看到了一個熟悉的身影。

那個人……不就是阿坤學長嗎？

充滿好奇心的雨涵將雨傘收起，偷偷躲在一旁的角落觀察對方到底在幹嘛。

阿坤學長並不是只有自己一個人，他的身邊還有一個雨涵不認識的女生。

只見兩人親暱地依偎在一起，空氣裡時而傳來阿坤學長蜜糖似的情話，從這些甜蜜的對話中，雨涵得知了一個驚人的事實——

阿坤學長死會了。

現在在他身邊的，是已經交往半年的女朋友！

目睹這一切的雨涵，一時之間難以接受這個事實，回想社遊到現在，也才過了短短不到兩個月的時間啊……

把愛情想得太過單純的雨涵，原本以為阿坤學長那天在南投山上的言行舉止，是代表他有考慮想和自己建立一段深化的感情，殊不知對方其實只是逢場作戲罷了。

想到這裡，在雨涵的心底深處，不免對阿坤學長的評價降低了不少。

心事重重的雨涵，拖著沉重的步伐走到學校裡面的便利商店買飲料，在超商飲料區裡面，恰好碰到劇本創作社的副社長蕭天天。

算一算，距離自己上次在系館走廊和蕭天天碰到面，已經是半個多月之前的事情了。

「怎麼了？一副看起來心事重重的樣子。」蕭天天看著雨涵。

雨涵並不想把剛才發生的事情和蕭天天分享，所以只用三個字淡淡地回應：「沒什麼。」

「妳和小青這陣子都沒來社課。」兩人一起走到櫃檯結帳的時候，蕭天天邊走邊說：「有空可以多來社團啊，聊天打屁吃東西都蠻不錯的。」

「最近在準備期中考，所以比較忙。」

「妳還沒考完？」蕭天天露出訝異的表情。

「還沒，要等到下週才能放鬆。」

「好吧，那期待考完之後，可以看到妳的身影喔。」說到這裡，蕭天天半哀求式地說道：

「妳們這些人都愛來不來的，常常整個社課就只有我跟阿坤社長兩個人，再這樣下去，這個社都快倒閉了啦。」

聽蕭天天提到阿坤學長，雨涵心裡又有股悶氣衝上來。

「怎麼？」或許是察覺到雨涵面部表情的改變，蕭天天好奇地看著她。

壓下心中的悶氣，雨涵努力擠出一絲笑容回應對方：「好啦，等期中考考完之後，會找個時間撥空過去的。」

儘管嘴巴這麼說，但雨涵心中打定主意，未來如果沒事的話，盡量不會再參加社課，因為她不想再看到阿坤學長這個人。

「那就這樣說定了喔～」便利商店門口，蕭天天朝雨涵眨了眨眼。

週末的女宿顯得特別的安靜，穿過感應式大門，雨涵朝通往二樓的樓梯口走去。

對比大台北地區的房價，K大女宿的住宿費可說是十分優惠，一學期只要一萬出頭，宿舍裡面的設備也還算齊全新穎，但就只有一個地方讓雨涵不太滿意，就是女宿裡面沒有電梯這件事！好在自己是住在二樓，如果住五樓的話，那光搬家上下樓梯就累死人。

宿舍樓梯是採取螺旋型的建築方式，在自己轉過彎，準備走到二樓樓梯口的時候，透過眼角餘光，雨涵注意到一件不太尋常的事——

上方的樓梯有個黑影竄動！

或許對方察覺到雨涵正在關注自己，這個人影以極快的方式逃離出雨涵的視線。

這個人鬼鬼祟祟的舉動，一度讓雨涵想要追過去查看，但在猶豫了幾秒後，她放棄了這個念頭。

快步離開現場的雨涵旋即抵達二樓樓梯口，此時的她迎面差點和一個人撞上！

「嗚啊！」在閃避的當下，兩個人同時發出一樣的尖叫。

稍微穩定了情緒，雨涵看清楚了自己差點撞上的這個人是誰。是大姊頭。

「幹嘛這麼匆匆忙忙的啊？」大姊頭喘著氣。

「不好意思……」臉色蒼白的雨涵不停道歉。

「哩系跨丟鬼喔？」大姊頭用台語問她。

「剛才上樓的時候，我看到有個人站在二樓通往三樓的樓梯間，鬼鬼祟祟不知道要幹嘛。」

「所以妳就跑出來，接著差點和我撞上？」大姊頭用一副下巴快要掉下來似的吃驚表情看著她。

「嗯。」

「那妳這人也太大驚小怪了吧。」大姊頭說：「光這棟女宿至少就有幾百個人住在這裡，在樓梯間遇到人也是很正常的一件事啊。」

「可是對方看到我的舉止有點詭異，好像偷東西被發現似的。」

「那也有可能妳真的運氣不好，遇到小偷。」

「嗯嗯。」

「不然這樣好了，我把這件事情轉告輔導員，請她們留意一下最近宿舍出入的狀況。」

輔導員是K大宿委會設立的職位，專門處理學生宿舍各種疑難雜症，聽大姊頭這麼說，雨涵也就不在這件事情上繼續鑽牛角尖了。

回206寢，雨涵發現小青已經回到宿舍了。

「今天真難得，特別早回來。」雨涵走到自己的位子上坐下。

小青沒有回應自己的話，她繼續低著頭背對雨涵，不知道心裡面在想什麼。

眼見小青陷入沉默，雨涵也不想追問太多，她將準備換洗的衣物塞進洗衣袋裡面，隨後連同洗衣粉一起帶出寢室，往洗衣間那裡走去。

洗衣間位在二樓最深處的牆角，和浴室及廁所一樣，K大女宿的洗衣間也是共用的，通常都是整層樓共用同樣的幾台機器。

穿過好幾間寢室後，雨涵來到洗衣機及烘乾機前面，將衣物通通丟進洗衣槽。

面向牆壁，雨涵熟練地透過按鈕操作機器。

就在這些瑣事大功告成，自己轉身準備回寢室的時候……

她又看到了！

和之前在樓梯間看到人影的狀況類似，儘管只有不到一秒的時間，雨涵確認自己沒看錯，千真萬確！

這人動作俐落，在被雨涵發現後，便從洗衣間外面的走廊迅速離開。和上次的反應不同，這次雨涵決定追過去看，因為她想知道這個人到底是誰。

按照女宿二樓的格局，從洗衣間出入口出去後，外面是連結各寢室的長廊走道，然而讓雨涵覺得最為怪異的是……明明她從洗衣機跑到洗衣間外面，只花了不到三秒的時間，但長廊上卻沒有對方的蹤影。通往上下樓層的樓梯間遠在另一端，即便是快跑至少也要五秒鐘吧，而如果是躲進某間寢室裡面，那至少也會發出開門及關門的聲音啊……

所以這個人是短跑健將？還是武林高手？

一切的一切，讓雨涵越發覺得詭異。

回到寢室，小青依舊沉默地低頭背對自己，那副死氣沉沉的模樣，和平常的樣子可說是大相逕庭。

「幹嘛悶不作聲？」雨涵走回自己的座位。

「考砸了……」

「什麼？」

「我這次期中考考砸了。」小青的語氣依舊掩飾不住內心的激動。

「怎麼了？」出於對室友兼朋友的關心，雨涵走到小青旁邊。

「我上個學期就已經被『二一』過一次了，這學期如果經會統還過不了的話，那有可能會再被『二一』一次。」

K大是採「雙二一」的制度，也就是學期總學分數的一半學分被當，就算一次「二一」，而連續兩個學期「二一」，就會被退學。

「不要想太多啦。」雨涵拍拍小青的肩膀安慰她，「乖乖去上課、報告認真做，再加上期末考衝高一點，應該還有機會補救的。」

「希望如此囉。」小青用悶悶不樂的口氣回答。

原本雨涵想要順便告訴小青，今天兩度在女宿看到奇怪人影的事情，不過眼見小青心情不好，這個念頭便自心中打消了。

10

明明天氣就不熱，但不知為何，雨涵的身體不斷冒出熱氣，讓自己全身上下連同棉被都濕透了。

翻來覆去的過程中，她夢見了一群人提著火把，在山野間四處地穿梭。

儘管透過半夢半醒的狀態，讓雨涵知道這只是個夢，但這夢逼真到讓她彷彿感受到了火把的溫度，而這炙熱的火苗，正是自己渾身發熱的來源。

熊熊烈火中，雨涵看見了那雙仇恨的眼神，那是一股來自地獄最深沉的怨恨……

隨著掙扎日久，雨涵開始感覺到自己呼吸變得急促，隨之而來的，是無比強烈的窒息感，就像是有個人正掐著自己的咽喉不放那樣。

「不……不要。」雨涵不停搖頭，纖細的身體在床上來回翻覆著。

「雨涵！雨涵！」耳邊傳來熟悉的呼喚聲。

如同拔河賽那樣，經過好一陣子的努力，雨涵終於睜開眼睛。

「雨涵，妳怎麼了？」連同小青在內的三個室友圍繞著她。

「沒事……好像做了一個怪夢。」

雨涵從來不曉得，原來做夢也能消耗身體這麼多能量。

現在的她，不但沒有睡醒之後的活力，反而還覺得身體更加地疲倦。

「我們在底下聽到妳喃喃自語，所以才上來關心妳的狀況。」依婷睜大眼睛看著雨涵。

「現在天亮了嗎？」雨涵虛弱問道。

「還沒呢，我們三個都還沒入睡，現在是半夜一點多。」

芸茜的回答讓雨涵大吃一驚，她記得自己是晚上約莫十點左右上床睡覺，中間經歷了這麼多次反覆的掙扎跟夢境，卻沒想到才僅僅過了三個多小時而已。

就在四人說話的時候，外面傳來一陣騷動。

聽起來似乎是一群女生議論紛紛的聲音。

沒多久，寢室下方傳來叩叩叩的敲門聲。

出於好奇，四人輪番從雨涵床鋪下床，最先下床的芸茜走到門口開門。

出乎四人的預料，當門被打開的瞬間，一群女生出現在外面，而帶頭的正是大姊頭。

「請問妳們是？」芸茜一頭霧水看著對方。

「我們是 210 寢的，妳叫我們日文系三姝就好了。」如同那天對雨涵的自我介紹般，如今大姊頭又重新介紹一遍。

「現在這麼晚了，請問有什麼事嗎？」依婷問道。

「是這樣的。」大姊頭嚴肅了起來，「昨天晚上，二樓寢室的女孩子回來，到曬衣廊拿衣服的時候，發現有奇怪的人影出沒。除此之外，一些晾曬的內衣褲也有被翻弄過的痕跡，所以想問妳們是不是也有碰到類似的狀況？」

聽大姊頭這麼說，四人面面相覷。

「我昨天剛洗衣服欸……內衣褲掛在曬衣廊還沒拿回來。」雨涵面色鐵青。

「我也是欸。」另外三個室友也異口同聲回答。

「那建議妳們趕快過去看看，因為從內衣褲被翻弄過的跡象來看，感覺這個變態是想找什麼特定的目標。」

聽大姊頭這麼說，四人用最快的速度衝到曬衣廊查看。

等四人來到曬衣廊，發現這裡聚集了不少女生議論紛紛。

「不好意思，借過。」勉強擠過人群，雨涵來到印象中的曬衣地點，結果發現自己的內衣褲通通不見了！

「雨涵，怎麼了？」見雨涵表情不對，依婷也跟著緊張了起來。

「我的內衣褲不見了！」附近也傳來小青的慘叫。

「什麼？」包含依婷及芸茜在內的女生們，轉頭看向小青。

「我的也是……」雨涵緩緩吐出這四個字。

「連這種泛黃到發酸發臭的內褲也要偷，這人到底是有多飢渴！」小青氣得跳腳。

經過當場確認，眾人確定雨涵和小青的內衣褲不見了，至於其他女孩子則尚未傳出慘劇。

「會不會是那個眼鏡男幹的？」雨涵和小青雙目對視。

「眼鏡男？」其他女孩子傳出疑惑的語氣。

這個消息很快如水雷般爆炸開來，在聽到有同棟女孩子的內衣褲被偷後，曬衣郎附近聚集了越來越多女生，往常平靜無聲的深夜，此時居然像是夜市般熱鬧。

眾人七嘴八舌談論著，但就是沒有人能肯定整件事情到底是怎麼一回事。

過沒多久，在日文系三姝的通報下，連宿委會的輔導員也趕了過來。透過兩人掛在脖子上面的吊牌，雨涵能清楚得知這兩名輔導員的名字。

「安靜！各位安靜！」其中一位年約三十多歲的輔導員靜宜，拉高音量努力想抑止現場的騷動。

「請問……妳們就是內衣褲被偷走的兩位事主嗎？」另外一位看起來比較年長，推測大約五十歲左右的輔導員秋香，直接開門見山詢問。

雨涵和小青尷尬地點了點頭。

「聽說還有名同學，有看到奇怪的人影出沒在曬衣郎，請問是哪位同學呢？」秋香看著在場的人。

「是我。」一名身材嬌小、戴金屬細框眼鏡的女孩子，從人群角落中走出。

「麻煩妳們三個先跟我們回去，有些事情想問妳們。」秋香看著三人。

深夜，宿委會管理幹部辦公室。

打開辦公室日光燈的開關，兩名輔導員招呼三人坐下。

待三人坐定，靜宜先將辦公室大門關上，接著秋香打破沉默問道：「麻煩妳們三個先簡單自我介紹一下。」

「我叫林雨涵，是中文系大二的學生。」

「我叫吳曉菁，今年國貿系大二，和雨涵同樣是206寢的室友。」

「我叫郭佩琪，是哲學系大二的學生，一直都住在237寢。」

「嗯。」秋香先將目光定在郭佩琪身上，「先從妳開始說起好了，聽說妳晚上到曬衣廊曬衣服的時候，看到有奇怪的人影出沒在那裡，可以詳細描述一下這整件事情的經過嗎？」

稍微整理了一下頭緒，郭佩琪緩緩回答：「我昨天晚上大概十一點多的時候，從寢室準備走去二樓的曬衣廊拿衣服，就在我走到曬衣廊門口時，透過眼角餘光，我瞄到好像有個鬼鬼祟祟的人影在裡面，這人移動的速度很快，快到當我走進曬衣廊時，這人就已經不見蹤影了。」

「所以從頭到尾，妳都沒看清楚這個人的樣貌？」秋香提提眼鏡。

「沒有。」

「妳應該知道曬衣廊欄杆外面是什麼吧？」秋香以嚴肅的表情看著佩琪。

「嗯嗯，我知道。」

「對。」講到這裡，秋香特別加重語氣：「妳們位處的地方是二樓，而欄杆外面是一樓空地，如果按照妳的說法，那這人只有一個出路，就是跨過欄杆跳到一樓地面。」

見眾人沉默，秋香接著補充說明：「坦白講，這是有可能發生的，以這間女宿的高度，從二樓跳到一樓，大概只會扭傷腳踝，不至於會斷腿或骨折。不過願不願意為了這種事情冒險，這就見仁見智了。」

「那接下來，麻煩換兩位說一下妳們遇到的事情。」問完佩琪，秋香轉頭看著雨涵和小青兩人。

「我先說好了。」小青搶先回答：「我原本和雨涵還有另外兩位室友一起待在寢室裡面，後來日文系三姝進來說同層樓女孩子晾曬的內衣褲，有被人翻弄過的痕跡，所以我和雨涵才一起跑到曬衣廊查看，結果發現我們兩人的內衣褲有幾件不見了，懷疑是被人偷走。」

「差不多就像小青說的這樣，不過我還多遇到兩件事。」

「什麼事？」秋香看著雨涵。

「這兩件事發生在曬衣廊事件的前一天，第一次是當我走回女宿的時候，在二樓樓梯間看到一個鬼鬼祟祟的人影，第二次是在洗衣間，當我轉身準備回寢室的時候，發現有個人影從洗衣間出入口迅速離開。」

「妳確定不是自己看錯嗎？」秋香提提眼鏡。

「雖然人影停留的時間很短暫，但我確定自己沒有看錯。」

雨涵這麼一說，換輔導員陷入了沉默，直到雨涵打破寧靜的空氣。

「我在想……還是妳們可以調閱一下樓梯間、洗衣間跟曬衣廊的監視器呢？」

「曬衣廊裡面沒有裝設監視器。」秋香耐心解釋，「離曬衣廊最近的一台監視器，是位在曬衣廊門口外面的天花板牆角，至於洗衣間跟樓梯間的話……」

「雖然洗衣間及樓梯間有設幾台監視器，不過我沒辦法百分之百保證能照到妳們要的方位喔。」秋香看著三人。

「沒關係，就調調看，或許會有什麼新的發現。」雨涵的心中燃起一絲希望。

「那個……我可以先回去了嗎？」或許是因為夜色深了，感覺佩琪已經坐立不安。

「如果妳覺得沒什麼事的話，可以先回去了。」靜宜告訴佩琪。

在靜宜引領佩琪離開的同時，秋香帶著雨涵及小青前往可以調閱影像的管理室。

抱持著追根究柢的精神，雨涵和小青進到管理室內。

根據雨涵記憶中的時間及地點，秋香操作機器追溯當時的監視器畫面。

首先，洗衣間裡面的監視器只有一台，根據這台監視器的角度，只能照到洗衣間內部的景象，而無法照到洗衣間外面走廊的狀況，至於鄰近洗衣間外部走廊的監視器，則分布在有點距離的左右兩側。換句話說，三台監視器存在著一定範圍的死角，不過按照常理來說，這樣小範圍的死角不至於產生太大的問題，因為洗衣間是全密閉的空間，這當中只有一個出口通往封閉式的走道，所以即便沒被洗衣間內部的監視器拍到，也一定會被外部走廊左右兩側的監視器捕捉身影。

然而詭異的是……儘管雨涵提出當時人影遁逃的方向是往洗衣間出口右邊，但調出來的畫面卻沒有看到任何人影出沒，無論是出口左邊還是右邊的監視器都沒有。

「會不會是妳看錯了呢？」秋香看著雨涵。

「不……不會的。」對於這樣的結果，雨涵感到難以置信，「不好意思，那個……我想再看看樓梯的監視器畫面。」她轉頭看著秋香。

隨著秋香操作機器，畫面瞬間轉到樓梯間，經過一陣快轉，她們看到了當時雨涵在樓梯間的監視器影像。

影像中，只見雨涵來到二樓樓梯間，接著她抬頭往樓梯上方看去，彷彿那裡有什麼東西吸引她的目光似的。

將畫面定格後，眾人仔細觀察雨涵視線所停留的位置，在一片漆黑當中，居然出現了一塊不規則的黑影。

不過僅僅只是黑影而已，從這個黑色區塊，並無法確定這到底是個人影，還是只是其他技術性因素，例如畫質不夠清晰所導致的瑕疵等等。

「可以放大畫面嗎？」雨涵看著秋香。

「畫面已經放到最大了。」秋香搖頭。

「那還是有其他監視器，可以看到同樣的角落呢？」不死心的雨涵追問。

「附近是有其他監視器，但那些監視器所拍攝的角度，都偏離了剛剛的位置。」秋香解釋。

「這樣啊……」秋香的話，讓雨涵覺得有點喪氣。

秋香繼續操作機器，透過她的協助，雨涵和小青看到了同個時間前後幾秒，樓梯間上下幾個監視器的畫面，和洗衣間的狀況類似，這些監視器都沒有拍到任何人影出沒。

如果說監視器沒有捕捉到具有說服力的畫面，那另一種可能性就是雨涵真的看錯了。

眼見雨涵及小青沉默不語，秋香安慰兩人：「雖然目前還沒找到偷內衣褲的真凶，不過妳們放心，有這件事情當借鑑，以後我們會建議學校在曬衣廊裡面加裝監視器。」

「我有個疑問。」小青舉手。

「什麼問題？」秋香看著小青。

「就算雨涵跟佩琪看錯好了，但我和雨涵的內衣褲被偷走是事實，這是否代表女宿有不尋常的人士出沒呢？」

「其實……這目前也無法斷定。」秋香提提眼鏡。

「為什麼？」雨涵和小青同時露出難以理解的表情。

「妳們要知道，我們學校位在高海拔的山上，在深山裡面，除了人以外，還有獼猴之類的野生動物，過去的確發生過其他學校的學生宿舍，有被猴子入侵的狀況，所以在沒有百分之百的證據之前，我們沒辦法輕易斷言到底發生了什麼事。」

秋香的回答讓雨涵不是很高興，因為按照秋香的說法，她和小青的內衣褲有可能是被獼猴偷走了，然後自己跟佩琪只是單純看錯？一個人看錯就算了，兩個人都同樣看錯，這推測也太草率了吧！

其實對於身為輔導員的秋香而言，她和雨涵及小青的立場並不相同，雨涵及小青是單純站在一個住宿女大生的立場，對於她們兩個人來說，看到了什麼，就可以根據自己的猜測延伸出想像，例如在樓梯間看到黑影，就可以懷疑有個人躲在樓梯間的牆角邊，又或著是內衣褲不見，就可以馬上推論出這些內衣褲是被某個外來的變態偷走的。

然而，她不是學生，而是輔導員，在學生宿舍裡面發生的一切事情，都必須要有事實佐證，否則這些說法就會變成另一種形式的謠言，學生可以隨便散播謠言而不受嚴懲，但輔導員不行。

儘管暫時按兵不動，但這位已在K大待了超過二十年的老江湖，心中已有了下一步的盤算。

在安撫了雨涵及小青，並保證日後會請保全多加注意後，秋香護送兩人回到女宿。

雖然這個猜測有點大膽，但事後雨涵和小青的討論，都一致懷疑偷內褲的兇手，就是那個變態眼鏡男……

11

輔導員再三保證會請保全多加巡邏及監控，雖然一定程度平息了女宿的恐慌，但一些流言蜚語仍在私底下偷偷流傳著。

有人懷疑女宿已經被變態入侵，對於變態會偷女生內衣褲的行為，眾人都害怕自己會是下一個受害者。

對於校方冷處理的方式，日文系三姝公開表達了不滿，除了表達不滿外，還進一步採取更積極的作為，透過密集的探訪跟徵詢，她們成功團結了各系的學生。

從這天開始，女宿走廊上時而可以看見日文系三姝所號召組成的「愛心巡邏隊」出沒。

不知是否真的被「愛心巡邏隊」手持棍棒的氣勢給嚇跑，從曬衣廊偷內褲事件後，女宿又恢復到過往的平靜，彷彿之前那件事情從來沒有發生過似的。

針對偷內褲這種行為，雨涵還真的撥空去查了一下這種人的心理狀態，根據變態心理學解釋，偷內褲是屬於戀物癖的一種，變態會透過各種方式蒐集被害者的貼身物品，將這些東西拿來穿戴在自己身上，進而滿足自身性慾。

光想到穿過的內褲被對方拿來發洩，一陣莫名的噁心感不自覺從雨涵胃裡發出。

希望犧牲了自己和小青的那幾條泛黃的內褲，可以避免其他更多人受害，雨涵無奈地想著。

原本以為這些紛紛擾擾會隨著時間逐漸淡去，卻沒想到一件出乎意料的事情，以隕石撞地球的力道找上了雨涵。

雨涵從來沒想到自己會被警察約談，遇到同樣狀況的，還有小青。

兩人一起來到警局，儘管約談的時段差不多，但是整個過程是以分開的方式進行。

警局隔間內，一老一少兩位警察肩並肩坐在椅子上，雨涵則以中間隔了張辦公桌的形式，坐在他們的對面。

「請問妳就是林雨涵嗎？」比較年長的那位警察看著雨涵。

「嗯嗯，對。」第一次近距離被警察這麼詢問，雨涵心中不免緊張起來。

「妳認識謝宗翰，對吧？」

「嗯。」雨涵點頭。

「怎麼認識的？」問話的同時，老鳥員警一邊拾起原子筆，準備在面前的白紙上紀錄。

「社團認識的。」

「可以簡述一下，是什麼樣的社團嗎？」

「校內的社團，叫劇本創作社。」

「那你們上次見面是什麼時候？」

「九月的倒數第二個週五。」

「在哪裡見面？」

「其實那天是劇本創作社的社遊，總共有五個人參加。」

「有誰呢？」

「我、室友吳曉菁、社長方炫坤、副社長蕭奕寰，跟謝宗翰。」

「麻煩請妳仔細回憶一下，那天社遊的互動裡面，謝宗翰有和別人發生什麼衝突嗎？」老鳥員警的表情嚴肅。

「應該是……沒有吧。」雨涵吞了吞口水。

「嗯……從那天社遊到現在，也已經過兩個月了欸。」

「嗯嗯，對。」對於老鳥員警的反應，雨涵也不知該怎麼回應。

「長達兩個月的時間，你們都沒有任何聯繫？連網路聊天都沒有？」老鳥員警追問。

「沒有。」雨涵露出無奈的表情，「我跟他其實沒有很熟。」

「是喔。」

「嗯，他是機械系的，而我是中文系的學生。」

「妳知道謝宗翰發生什麼事了嗎？」老鳥員警看著雨涵。

「不知道。」雨涵搖頭。

「他失蹤了。」

什麼，包大膽失蹤了？

老鳥員警吐出的這四個字，扎扎實實重擊了雨涵的心靈。

擺脫剛才狀況外的表情，雨涵的瞳孔瞬間撐到最大。

「是他父母親發覺失蹤者已經失聯一陣子，才到警局報案的。」

「我不是很懂……」滿團問號塞滿雨涵的腦袋，「就像你剛才說的，自從上次社遊到現在，已經相距兩個月的時間了，這中間他應該還有接觸很多人，照理說再怎麼樣，應該也輪不到我們被約談吧？」

「那是因為……根據我們目前初步調查的結果，這兩個月來，失蹤者除了他跨校的女朋友外，能追溯的就只剩你們了。」

「你所謂的『我們』，是指哪些人？」雨涵問。

「就是你們社遊當天的這些人。」老鳥員警解釋：「我們破解謝宗翰電腦裡面保存的通訊紀錄，發現他電腦最後的通訊紀錄，是在社遊前一天晚上，談話對象是社長方炫坤，也是透過這些對話，我們才知道他參加過這個行程。」

「不過……」一連串的資訊，逼得本來就不太擅長邏輯思考的雨涵，當下得不斷進行腦筋急轉彎，「我覺得有個地方怪怪的。」

「哪裡？」

「兩個月的時間，他只有和女朋友聯絡？不用上課、不用考試？」

聽雨涵這麼說，老鳥員警微笑回答：「妳有的疑惑，本來我也有，但經過調查，的確失蹤者這兩個月都是這麼度過的。這段時間並沒有這人的簽到紀錄，也沒有任何一位系上同學，有印象他有進到教室上課。」

聽完對方的解釋，再自己整理一下頭緒，的確……如果是高中生或上班族，這聽起來是非常荒謬的一件事，但如果是以自由著稱的大學生，那從校園「人間蒸發」兩個月，確實不是不可能的事情。

「就算是這樣，那你們應該去問他的女朋友，而不是來問我們吧。」雨涵面無血色。

「事實是……就在前幾天，我們已經先詢問過謝宗翰的女朋友了，目前初步排除她有殺人的動機。」

「嗯。」聽到殺人這兩個字，雨涵的心情又沉重了起來，畢竟沒有人想和命案牽扯在一起。見雨涵表情越來越沉重，老鳥員警安慰道：「妳也不用太擔心啦，目前對方只是掛失蹤而已。再說，這兩個月謝宗翰有到他女朋友的宿舍好幾次，這點是肯定的，就連公寓的攝影機都有拍下他出入的身影。」

「那按照目前的線索，你們覺得他是什麼時候失蹤的？」雨涵和老鳥員警對眼，但僅僅一秒的時間，她的視線隨即轉到其他地方去。

「很抱歉，這點我們目前還無法肯定。」老鳥員警笑了笑，但這詭譎笑容的背後，雨涵不知道警方是真的不確定，還是故意隱瞞消息。

「不過有一點應該可以肯定的是，謝宗翰的女友最後一次見到他，是在十月中旬。某種程度來說，我們可以保守推估，謝宗翰的失蹤最早可以回溯到十月中旬，至於實際失蹤的時間是十月中旬、十一月初，還是十一月中旬，這就還需要後續進一步的調查。」

聽完老鳥員警的話，雨涵總覺得這當中有哪個地方怪怪的，但她一時之間又無法參透。

「好吧，那今天的詢問就先到這裡了，之後如果有需要的話，我們會再找時間約談妳。」

在老鳥員警的示意下，菜鳥員警引導雨涵離開小隔間。

「當然，最好的情況是……我們這輩子都不會再碰面了。」在雨涵準備步出約談的小隔間時，老鳥員警吐出這句話。

12

待小青也約談完畢，兩人一起離開警局。

跑一趟警局比想像中累人，原本出發前往警局的時候，外面還是晴朗的大白天，但等到步出警局大門時，天色已經夜幕低垂。

便利商店休息區內，雨涵和小青一邊用餐，一邊討論今天遇到的事情。

「包大膽無緣無故失蹤，真的讓我有點意外。」小青吃著水煮蛋白沙拉盒。

「妳不覺得……他社遊那天就怪怪的了嗎？」雨涵回憶那天的情況。

「妳是指他一直低著頭，不講話這件事嗎？」

「對。」

「該不會他受到什麼創傷吧？」小青胡亂猜想。

「感覺……這當中的分水嶺，是那個山洞。」手托下巴，雨涵露出迷濛的眼神。

「山洞？妳是說包大膽進去的那個山洞嗎？」小青睜大眼睛。

「嗯嗯，對。」雨涵說出自己的看法，「感覺自從包大膽進去那個山洞後，整個人就變得怪怪的。」

「或許……他在山洞裡面看到了什麼，但卻沒有坦承告知我們。」小青猜測。

「的確有這種可能性，不然我也想不透為什麼他突然個性會三百六十度大轉變。」還要回想遠在兩個月前發生的事情，雨涵覺得自己頭腦又快要打結。

「等等。」小青打了個岔，「妳跟包大膽很熟嗎？」

「好吧，其實我跟他不太熟。」

說到這裡，兩人尷尬地笑了笑。

「不過，雖然跟包大膽沒很熟，但還是希望他平平安安，不要出事。不然的話……光想到還要再上警局做筆錄，就覺得好麻煩喔。」歪著頭的雨涵靠在牆上，露出疲憊的神情。

「今天警察問妳什麼問題？」小青好奇。

「其實也不是什麼很刁鑽的問題，就好比我跟包大膽最近一次碰面是何時、見面的地點、見面的時候包大膽有沒有跟誰發生衝突、見面後有沒有持續聯絡等等。」

「那妳呢？」雨涵反問。

「跟妳差不多。」小青嘟起嘴巴。

「如果說我們兩個被約談，那照理說，阿坤學長跟蕭天天應該也會被約談吧。」雨涵忍不住猜想。

「聽說他們今天早上被約談了。」小青回答。

「真的嗎？」
「真的，剛才在警局等妳的時候，傳訊息問阿坤學長知道的。」
「我在想……要不要找個時間跟他們兩個聊一下？」雨涵望著前方。
雖然上次在農學院系館外面，撞見阿坤學長和他女友約會的那件事情，讓自己對阿坤學長這個人有點厭惡，但撇開這個主觀的意念不談，她覺得她們是該找個時間和阿坤學長及蕭天天聊聊。
「是也可以啦。」小青嘟著嘴巴。
「遇到這種事情，他們應該也覺得有點無言吧。」雨涵嘆了口氣。
「我想也是。」
「這件事情要告訴依婷跟芸茜嗎？」雨涵用吸管吸了口飲料。
「我覺得……還是先不要好了，反正她們又不認識包大膽，跟她們說這些，感覺只會引起不必要的恐慌欸。」小青提出她的見解。
討論過後，兩人決定先不要告訴室友這件事。

13

回到學校，劇本創作社四人在系館外面的露天座位區碰面。

「所以說，大家被詢問的內容都大同小異的感覺。」聽完眾人輪番自述被約談的狀況後，阿坤簡單下了一個結論。

「自從上次社遊之後，包大膽還有參加過社課嗎？」雨涵問蕭天天。

「沒來過。」蕭天天嘆了口氣，「所以那天在超商碰到妳的時候，我才會抱怨大家都不來社課。」

「那你們平常有和包大膽聯繫嗎？LINE或FB之類的。」小青問道。

「沒有。」蕭天天搖頭。

「其實我有。」阿坤開口，「當中這段時間，我有敲過包大膽幾次，但他都沒有回我。」

「他沒回你，你當下不會覺得怪怪的嗎？」蕭天天看著阿坤。

「其實還好欸……」阿坤搔搔頭，「你們不覺得，訊息愛回不回，在大學是很常見的一件事嗎？」

雖然不太喜歡阿坤學長，但阿坤學長這番話，其實讓雨涵頗為認同。

在大學這個自由的國度，彷彿每個人都可以任意地出現，也可以任意地離開，離開的時候不帶走一片雲彩。

見在場氣氛有點低壓，阿坤雙手合十比出祈禱的手勢。

「好啦，我們一起保佑包大膽能夠平安無事、早日歸來。」

14

原本以為被警察約談已經夠晦氣了，沒想到更糟的事情接踵而來。

幾天後的深夜，應當是眾人熟睡的時刻，向來活潑外向的依婷，突然像發瘋似的將房間的電燈通通打開，並且爬到上層床鋪，將睡夢中的三人搖醒。

「怎麼了？」披頭散髮的芸茜揉著眼睛，「三更半夜的，幹嘛突然把人家叫醒。」

「出事了！」本來聲音就偏尖細的依婷，在拉高音調後，整個說話聲音更是顯得刺耳。

「發生什麼事了嗎？」剛翻開棉被的雨涵，突然覺得一陣涼意襲來。

「妳們趕快下來看看。」已經先下床鋪的依婷，在下方呼喚三人。

一頭霧水的三人，以散漫的姿態緩緩下床鋪，然而就在眾人回到下鋪時，眼前的景象頓時讓她們看傻了眼。

內衣、內褲、上衣、薄外套……這些私人物品通通散落在地上，一切彷彿就像是被颱風掃過般，下鋪呈現翻箱倒櫃的凌亂姿態！

「這……到底是發生什麼事了啊？」小青露出難以置信的表情。

「剛剛我從系辦回到宿舍，一打開電燈，就發現整間寢室變成這樣了。」依婷指證歷歷地說。

「今天誰最晚上床睡覺的？」雨涵看著其他人。

「應該是我。」芸茜面色鐵青，「我爬到上鋪的時候，看到妳跟小青已經睡了。」

「那妳睡覺之前，下鋪一切正常嗎？」雨涵追問。

「那時候整間寢室就只有我待在下鋪，所有人的衣服都好好地放在櫃子裡，這我百分之百敢保證。」芸茜說話的語氣十分肯定，完全不像是在說謊。

「感覺這手法很像是上次那個變態欸。」小青臉色一變。

「妳們看！」雨涵指著窗戶，「我記得上床睡覺前，那個窗戶是緊閉著的，怎麼現在莫名其妙被打開了？」

「我上床鋪的時候，那個窗戶還是關著的。」芸茜顯露出不安的姿態。

「我沒動。」小青率先澄清。

「我也沒動。」另外三人也輪番澄清。

隨著四個人接連否認，整個情勢又變得更加詭異了起來。

「所以……有陌生人進到寢室裡面過。」小青臉色蒼白。

「說到這個，剛好順便提醒我一件事。」依婷看著眾人。

「什麼事情？」眾人的目光集中在依婷身上。

「那個……妳們這幾天都有回宿舍睡覺嗎？」依婷露出有點尷尬的表情。

三人點頭。

「大概都是幾點躺平呢？」

「大概十二點多吧。」雨涵回答。

「這幾天，我最晚不會超過一點上床。」小青說。

「我大概都一點多睡，最晚也不會超過凌晨兩點。」芸茜回答。

「躺平後，妳們還有下床走動嗎？」

三人都搖搖頭。

聽完眾人的說法，依婷的表情變得越來越難看。

「怎麼了？」一種不好的預感同時從三人心頭竄起。

在平撫一下自己的情緒後，依婷說出一個讓人毛骨悚然的事情：「大家都知道，我通常都是最晚回到宿舍的那一個，這幾天我回宿舍洗完澡、躺到床上時，大概都是凌晨三點左右了。好幾次我睡到一半的時候，會聽到下鋪傳來窸窸窣窣的聲音，那聲音帶了點急促，彷彿是在尋找什麼東西似的。」

按照依婷的說法，四個人都在上鋪休息了，那麼下鋪的那個聲音……是來自於誰呢？

見眾人面色鐵青，依婷連忙解釋：「我一直以為是妳們當中有人起床拿東西，所以才沒下床鋪開燈查看，結果今天聽妳們這麼說，還真的出乎我的意料……」

瞬間，整個 206 寢的空氣陷入冰河時期的凍結狀態，有好一陣子的時間，四個人裡面沒有人開口說話。

「不過也有一種可能啦……可能是獼猴之類的野生動物闖進來，畢竟我以前有聽說過，猴子也會開窗戶。」芸茜提供一個比較不恐怖的說法，試圖透過這樣的方式來安撫大家的情緒。

「可是猴子會開櫃子嗎？」

「呃……這我就不太清楚了，好像有點困難吧。」被雨涵這麼一問，芸茜似乎再也難以自圓其說。

「我有想到一件事。」依婷走到窗戶旁邊，「即便這人或這動物會開窗好了，但我們所處的高度是二樓，窗戶外圍沒有和其他建築設施相接鄰，所以除非這個人像武俠小說裡面的角色一樣會輕功，不然他是怎麼透過窗戶進來我們房間的？」

「還有一種可能啊。」芸茜挖挖鼻孔。

「什麼可能？」

「搞不好人家是蜘蛛人，除了會吐絲外，還會飛簷走壁。」

聽芸茜亂唬爛，眾人蹭了一聲回去。

隨後，四個女大生又陷入了一片沉默，沉默的空氣反映了四個人恐懼的情緒。

「我想……該是宿委會派上用場的時候了。」雨涵抿緊嘴唇。

15

「妳說……妳們的寢室半夜被不明人士闖入？」宿委會辦公室內，秋香嚴肅地看著四人。

「對。」雨涵從包包裡面拿出手機，那些翻箱倒櫃的照片，便是寢室曾經被闖入的證據。

「晚上睡覺的時候，妳們有把窗戶鎖上嗎？」秋香問道。

「嗯……」眾人對望了幾眼，「沒有。」

「四位同學。」秋香十指交疊看著眾人，「保護自己是很重要的，這在任何地方都是如此。坦白說，單憑妳們提供的這些照片，我無法肯定到底是誰半夜侵入妳們的寢室，但為了維護諸位同學的安全，我會向校方建議在窗戶外面加裝鋁窗，不知這樣的處理方式，幾位同學是否可以接受呢？」

「但如果……如果加裝鋁窗之後，問題還是無法解決呢？」

「雨涵同學，您上面說的這番話，是想要表達什麼呢？」秋香提提眼鏡。

「沒有，我只是單純提出我的疑惑。」

「未來只要加裝鋁窗，而妳們晚上也確實有把房門鎖好，那不管是人還是猴子，還是這世界上其他任何的動物，都不可能穿過鋁窗侵入妳們的房間！」說到這裡，秋香的語氣顯得有些激動。

「那鋁窗最快什麼時候可以裝好呢？」芸茜提問。

「基本上，鋁窗不太可能只裝妳們這個房間，這樣太突兀了，所以到時候應該會整棟女宿都加裝鋁窗，時間點應該會落在寒假。」

現在才十一月底，距離寒假還有近兩個月之久，對於校方處理問題的速度如此龜速，四個女生內心都覺得頗為不滿。

見四人臉上的表情不太好看，秋香解釋：「寒假是全面加裝鋁窗的時間點，至於妳們這間寢室會提早處理，我這幾天就會上呈資料，跟學務長申請經費。」

聽秋香這麼說，四個女生又對望幾眼。

「那這樣還有什麼問題嗎？」秋香掃視眾人一遍。

見四個女生沒提出什麼異議，秋香率先起身結束今天的會談。

「對了。」在護送四人離開的時候，秋香像是想到什麼似的，轉身對走在後面的眾人說：「這件事情還沒找到背後真正的原因，所以這邊要麻煩幾位配合一下，凡事只要還沒證實的事情，都不要妄加揣測，也不要隨便亂傳，不然會引起女宿其他同學的恐慌。」

看著秋香威壓式的眼神，眾人也就壓抑原本想到處分享的衝動，封起自己那張大嘴巴。

16

一個禮拜後，206寢的鋁窗順利加裝完畢，而這還是透過某個人少的週日，偷偷火速趕工達成的，由此可見校方多不希望這件事情鬧大。

針對那天206寢被入侵的事件，校方公開的說法，認為這是山上的野生獼猴幹的，但對於一般的獼猴是否具備翻箱倒櫃的能力，校方則沒有做出進一步的解釋。

極少數得知內情的學生，對於學校的說法半信半疑，但各種猜測，如變態、如鬧鬼……這些都只存在學生們私底下的口耳相傳，成為另類的「校園奇談」。

擺脫衰事纏身的十一月，十二月到目前為止，倒是沒發生什麼特別的怪事，不管是宿舍的詭異人影，還是那個喜歡跟蹤自己的變態眼鏡男，這些……通通都不見了！一切又好像回到以前那樣正常的日子。

只是好景不常，這樣平順的日子並沒有過太久，就在十二月接近尾聲的時候，雨涵和小青又收到傳喚兩人到警局做筆錄的通知。

和上次一樣，警察的詢問是分開進行，同樣是之前那一老一少兩個員警。

「很不幸的，我們又見面了。」雨涵一坐下，老鳥員警便開口說道。

「請問……是又發生什麼事了嗎？」

「謝宗翰死了。」

「什麼，謝宗翰死了？」雨涵睜大眼睛，不敢相信這句從老鳥員警口中所說出的話。

「是的。」菜鳥員警點點頭，接續未完的談話：「這陣子我們根據方炫坤所提供的線索，前往南投翠峰風景區，在那附近找到了他所說的洞穴。」

「洞穴？」菜鳥員警的這番話，又讓雨涵想起了那天社遊發生的怪事。

「對，我們在洞穴裡面找到了謝宗翰快要風乾的屍體，根據法醫初步勘驗，他的身上有著明顯的外傷，應該是受到野生動物的襲擊。」

「那你們認為……是什麼樣的動物呢？」

「目前推估，應該是黑熊之類的動物，但也不排除還有其他的可能性，所以詳細狀況還需要再進一步的調查。」說到這裡，菜鳥員警的眼神閃爍起來。

「嗯。」事情發展至此，讓雨涵覺得有點無力。

「這麼說好了，其實今天找妳前來，是想再確認一下妳們當天社遊的情況。」老鳥員警看著雨涵。

「什麼意思？」

「就目前所知，妳們五人當天從南投開車回到台北，中途並沒有停頓，是嗎？」老鳥員警問。

「嗯。」

「那最後妳們下車的地點，是哪裡？」老鳥員警追問。

「學校後門外面的停車場。」

「妳們下車後，就各自走回自己的住處了？」老鳥員警繼續詢問。

「嗯。」

「那在下車的時候，妳有看到謝宗翰也一起下車？」老鳥員警看著雨涵。

「有。」

透過一連串的問話內容，以及老鳥員警面部表情跟說話語調，雨涵總覺得有個不為人知的祕密沒有被掀開。

在緩慢地喝了一口茶之後，老鳥員警又繼續說：「根據我們目前的推估，謝宗翰在最後一次見完女友後，又跑回你們社遊經過的那個山洞，最後在那裡遇害。所以……謝宗翰實際的死亡時間，有可能是十月中旬，甚至是十一月初。」

聽完老鳥員警所模擬的劇本，的確是有可能發生這樣的情況，但一個大學生莫名其妙跑回不知名的深山洞穴，雨涵總覺得這樣的行事動機不夠充分。不過既然對方都這麼說了，那雨涵也就不便多說什麼，以免讓人覺得是在質疑警察辦案的專業。

問完這些問題後，老鳥員警把問話的方向轉向雨涵最近的行蹤足跡，但其實雨涵的生活很單純，平時大多在學校附近打轉。

詢問完雨涵，接著便是輪到小青。

傍晚時分，兩人一同打道回府。

當天晚上，菜鳥員警坐在位子上登打文件。

雖然謝宗翰這案子已經進入尾聲，不過坦白說，整個案子仍有不少疑點。

其中讓他最耿耿於懷的，是死者驗出的死亡時間明顯不合常理，因為根據法醫初步推斷，謝宗翰的死亡時間可能已經有三個多月之久，且從法醫推斷時間回推，謝宗翰在社遊那天應該就已經……

另一個詭異的地方是，經過菜鳥員警調閱社遊當天眾人下車的錄影畫面，他發現謝宗翰的走路姿勢十分怪異，那姿勢就有點像是太空漫步那樣，明明腳未離地，卻像是漂浮般行進，再搭配那張面無表情的冰冷面孔，真讓人會直接聯想到民俗傳說裡面的妖魔鬼怪。

此外，錄影畫面雖然有看到謝宗翰下車的身影，但再過幾個監視器之後，謝宗翰居然就不見蹤影了！唯一能夠解釋的說法是……謝宗翰可能走到沒有監視器的死角，進而轉至其他地方離開，但到目前為止，他還沒有找到謝宗翰當天後續行蹤的影像。

最後，是死者到底被什麼動物攻擊。

扣掉被關在動物園內的食肉動物不算，台灣野外的大型食肉動物並不多，最大、最兇猛的就屬台灣黑熊。姑且不論在山野間撞見台灣黑熊的機率有多低，即便撞見了，黑熊是否會撕咬、啃食人體這件事，還是一個難以確定的答案。

關於死者身上的爪痕，警局曾經請專家前往比對，然而儘管經過多次鑑定比對，專家仍無法確定這是否是黑熊攻擊人後所留下的爪痕。

總之，這個案子很多地方都太詭異了，很難用一般的科學理論或邏輯說得通。

針對這樣的窘境，和自己搭檔的老鳥員警，以前輩的姿態「告誡」自己，想要在警界這個地方繼續混下去，就要把握一個原則，那就是即便遇到科學難以解釋的怪案，也要想辦法睜眼說瞎話，用科學的方式自圓其說，完成案子的結案報告。

案子背後的真相到底是什麼，這其實是次要，真正重要的，是做出一份足以交差了事的結案報告，這才是基層小小員警能夠繼續苟活下去的生存之道。

所以……關於謝宗翰「太空漫步」，以及下車後「莫名失去蹤影」，這些在前輩的強烈建議下，都裝作不知道有這件事。

至於死者到底是被什麼猛獸攻擊，這些也在前輩的要求下，以黑熊為推論含混帶過。法醫和老鳥員警有多年交情，在雙方協商好後，最終會以死者屍體腐壞到無法精確判斷死亡時間，但推估死亡時間點應是落在半年內，來讓最後寫結案報告的人「好做事」。

雖然這樣的做法有點草率，也有點對不起死去的被害人，但自己只是剛進警局不到半年的新人，他可不想冒著忤逆老鳥的風險硬幹。

看著坐在旁邊打盹的老鳥員警，個性軟弱的菜鳥員警，無力地把背靠在椅子上。

17

「欸欸欸，出事了！出事了！」這天晚上，小青飛快地跑回房間內，將整間 206 寢室搞得像是被沖天炮炸到似的。

「怎麼了？」待在房內的另外三人同時轉頭。

「你們來看一下廁所門口，那邊多了張公告。」小青一臉認真。

「公告？」

「唉唷，直接到廁所看一下不就得了。」

三人跟著小青來到廁所，果然就如小青所言，門口不知何時被貼了一張大紙條。

「各位淑女們請自重，本月已經第二次發生亂丟衛生紙及衛生棉的事件，身為國家未來的棟樑、社會的楷模，請各位發揮大學生應有的公民素養水準，勿再亂丟任何東西在廁所地板上，謝謝。」雨涵照著公告念了一遍。

「這張公告不知道是誰寫的。」四人紛紛猜測。

「我們寫的！」耳後傳來熟悉的聲音。

四人回頭，發現站在她們身後的，是210寢的日文系三姝。

未待四人開口，大姊頭已經率先解釋說道：「就像公告上面說的，我們這幾間寢室共用的這間廁所，這個月發生兩次衛生紙及衛生棉被亂丟滿地的事件，目前我們還在努力追查這個沒公德心的兇手是誰。」

「會用到這間廁所的，不就205到210寢這幾間嗎？」芸茜歪著頭。

「正常來說是如此。」大姊頭點頭。

「六間寢室，一間寢室四個人，加起來總共二十四個人。換句話說，兇手就在我們這二十四個人裡面？」依婷看著周遭。

「其實也未必。」雨涵提出不同的見解，「有可能是樓上廁所壞了，臨時跑來樓下用，不然就是故意惡作劇之類的。」

「也是有可能。」大姊頭接著說下去：「總之，現在妳們都看到這個公告了，如果妳們有看到亂丟的人是誰，也麻煩到210寢告訴我們。」

「妳想怎麼樣？」芸茜問。

「先跟對方講道理，請她以後不要再做這麼缺德的事情了。」大姊頭看著芸茜。

「如果對方屢勸不聽呢？」

「那我會好好請她吃一頓『粗飽』。」大姊頭舉起粗壯的臂膀。

聽大姊頭這麼說，四人臉上頓時滑下三條線。

「開玩笑的啦。」大姊頭呵呵笑，「我會把這件事轉告宿委會，聽說如果屢犯不聽勸的話，最後會退宿處分。」

「喔……」眾人相互對視。

雖然退宿跟退學比起來是小事，但畢竟大學生口袋不深，同樣品質的宿舍，校內的價格硬是比校外便宜一半以上，因此除非是要和男友同居，不然如果可以住在校內的話，大家還是會傾向住在學校宿舍。

儘管大姊頭很努力想找出幕後真兇是誰，但這件事情就像墮入五里霧般，始終讓人查不到背後的真相。

18

自上次從警局回來後，雨涵沒再發生什麼怪事，倒是小青莫名其妙病倒了。

原本以為只是小感冒，沒想到拖了幾天之後，不但病情沒有好轉，還變得越來越嚴重。

起初打算抱病上課、撐完期末考的小青，終於在期末考期間住院。

這下子，206寢只剩下雨涵、芸茜和依婷三個女生。

還沒全部考完的雨涵，雖然為了期末考試忙翻天，但小青畢竟是自己從大一認識到現在的室友，所以即便考試再忙，雨涵仍多次撥空到醫院探視小青。

醫院內，看到躺在床上吊著點滴的小青，雨涵走到她的身邊坐下。

「雨涵，謝謝妳這陣子常常來看我。」小青抬頭看著雨涵。

「跑趟醫院沒什麼啦，重點是妳要趕快好起來。」雨涵給小青打氣。

「希望如此囉，只是我的期末考泡湯了。」小青說話的語氣依舊有點虛弱。

「那怎麼辦？」雨涵微微皺起眉頭。

「誰知道，看之後能不能跟教授要求補考。」小青無力地看著牆壁。

「如果教授不肯的話……那怎麼辦？」雨涵緊張起來。

「那可能就會被退學吧。」雖然表面上裝作不在乎，但雨涵曉得其實小青的心裡很在意。

「退學……感覺有點嚴重。」

「其實也還好啦，我看開了，我現在反而還期待被退學。」

「為什麼？」

「如果真的被退學，那我就跑到南陽街報名重考班，搞不好重考可以考上台大也說不定。」小青打趣地說。

在笑了一陣子後，雨涵好奇詢問：「對了，醫生有說妳得了什麼病嗎？」

「其實沒有說得很詳細欸。」小青嘆了口氣，「只說可能是流感吧。」

「喔。」雨涵沉默起來。

「怎麼了？」小青看著雨涵。

「沒事。」

過沒多久，小青的母親提著便當回來，在稍微寒暄一下後，雨涵步出了病房。

走在回程路上，雨涵看著人行道上略顯昏暗的路燈，不知為何，一股不祥的預感湧上她的心頭。

19

學期結束前的最後一週，有些系所提前考試，或是學分修得比較少的同學，已經打包好大大小小的行李，準備回家過年。

學分修得不多的芸茜和依婷，這時已經考完期末考，提前搬離宿舍放寒假。

只剩自己一個人住在寢室的雨涵，只能耐住寂寞挑燈奮戰，腦中被各種課業塞滿的她，沒有太多剩餘的氣力去思考其他事情。

隨著一科科考完，雨涵肩上的重擔也變得越來越輕，在這個學期即將結束的最後倒數階段，雨涵乖乖待在寢室裡面K書。現在她手上只剩兩堂課的考試還沒考完，而且都集中在最後一天，也就是明天，一堂是外系選修的初級韓語，另一堂是必修通識課，社會心理學。

就在埋首書堆狂做筆記的時候，窗外無預警下起大雷雨來，這淒厲的雨勢逼得雨涵忍不住抬起頭來。

照理說……在這種入冬的深夜，應該不會產生類似夏季午後的雷陣雨吧？

看著窗外的雨勢，雨涵微微皺起眉頭來。

不想分心太久的雨涵，又繼續持筆在課本上書寫。

咚！

約莫過了一個鐘頭，寢室突然陷入一片漆黑。

「停電了？」這樣的聲音自雨涵腦中響起。

打開手機照明的她，走出寢室到外面的走廊查看，結果發現除了走廊的燈光熄滅外，就連附近的寢室也都黯淡無光。

「停電了！停電了！啊啊啊～」包含日文系三姝在內的幾個女大生，也拿著手機輪番走出寢室查看，在相互對視幾眼，並互吐幾句苦水後，女孩們只能無奈地回到房內休息。

由於室內缺乏光線照明，在這種苛刻的環境下，雨涵無法再繼續K書，她拿出藏在收納櫃裡面的手電筒。

啪一聲，手電筒強力的燈光發出，雨涵循著光線照明爬到上鋪去。

一隻羊、兩隻羊、三隻羊……

或許是因為書沒念完所產生的躁鬱感，也或許是因為窗外的風雨聲真的太大了，躺在床上的雨涵在上鋪不斷翻來覆去，但無論怎麼努力，就是無法順利走進夢鄉。

就在自己終於有種半睡半醒感覺的時候，寢室門口傳來一陣急促的敲門聲，瞬間打亂了雨涵的節奏。

揉了揉眼睛，雨涵克服惰性從上鋪走到寢室門口開門。

一開門，大姊頭那雙招牌圓眼便出現在雨涵的視線內。

除了帶頭的日文系三姝外，她們的身後還站了好幾個人，儘管平時互動不多，但雨涵依稀認得這些人都是附近寢室的女生。這些人一人一支手電筒，群聚在一起所擺出的態勢，彷彿像是準備要祕境探險似的。

「所以也不是妳。」

「什麼意思？」雨涵露出疑惑的表情。

「206寢現在只剩下妳一個人嗎？」還沒回答雨涵的問題，大姊頭接著追問。

「嗯。」

「其他人呢？」

「小青生病住院，另外兩個已經考完試先回家過年了。」

「了解。」大姊頭點了點頭。

「請問有什麼事嗎？」雨涵覺得自己完全在狀況外。

「好吧，事到如今，我就長話短說，稍微解釋一下好了。」清了清嗓門，大姊頭發出渾厚的嗓音繼續說道：「剛才停電後，我想說沒什麼事就先上床睡覺好了，結果睡到一半突然尿急，就拿著手電筒進去廁所。」

「結、果。」她發出誇張的語調，「妳知道發生什麼事情嗎？」

被這麼一問，雨涵雖然心裡有底，但還是先搖頭回應。

「就跟前兩次一樣，整間廁所衛生紙和衛生棉撒了一地，而且還不只如此，這次我還親耳聽到廁所的最後一個隔間，不斷發出窸窸窣窣的怪聲！」

聽大姊頭描述的口吻，彷彿這一切就像是某部懸疑電影的劇本，那樣地栩栩如生、那樣地活靈活現！

「那妳有走過去看嗎？還是……」雨涵打了個冷顫。

「不，在猶豫了一會兒後，我決定先不打草驚蛇。」大姊頭回應得很堅決，「說真的，在這種停電的夜晚，我還真不敢自己一個人過去打開那個隔間，看待在裡面的人到底是誰。」

「我們兩個也不敢，人家是弱女子欸～」

「是啊……對方是女的就算了，萬一裡面那個人是男的怎麼辦？」

「唉唷，那我們幾個可就危險了～」

「對啊……」

二姊頭和三姊頭一搭一唱，輪番應和著。

「這是什麼時候發生的事啊？」雨涵提問。

「沒多久，就在十分鐘以前！」大姊頭又露出咬牙切齒的面容。

「妳看到廁所裡被丟了滿地的衛生紙跟衛生棉，就跑出來敲這附近幾間寢室的房門，把大家都叫出來，是嗎？」雨涵整理了一下思緒。

「沒錯，一方面是把大家叫出來壯膽，一方面也是用排除法，快速釐清最有可能的嫌疑犯是誰。」

「那205到210寢，妳問了幾間呢？」雨涵好奇詢問。

「都問過一輪了，妳們是最後一間。」大姊頭不假思索回答。

「什麼？」雨涵的心跳忍不住加快。

「目前暫時得到的結論是……現在待在廁所的這個人，可能不在我們這二十四個人裡面。」說這話的時候，大姊頭的表情嚴肅。

「沒錯沒錯，除非有人說謊。」二姊頭和三姊頭在旁附和。

這時，208寢、就讀美術系二年級的董小月，將食指放在兩片嘴唇的中間，比出噓的手勢。

「小聲點，我想那個人應該還在廁所裡面，我們講話講得太大聲，驚動到對方就不好了。」說話的時候，董小月還刻意將音量壓到極低。

「驚動到也沒差。」大姊頭發出蹭蹭的聲音，「反正現在我們大家都聚集在走廊上，妳覺得她能往哪裡跑？」

「插、翅、也、難、飛、囉～」二姊頭和三姊頭滿臉得意。

其實大姊頭說的也沒錯，廁所外面就是她們現在所在的這個走廊，而整間廁所是呈現幾乎封閉式的格局設計，如果不從走廊離開這棟女宿的話，就只剩一個出口，然而……這個出口是廁所盡頭上方的窗戶，可是從這個窗戶直接跳出去的話，由於到地面之間完全沒有任何的遮蔽物，換句話說，就等同於跳樓！一般的人輕則扭傷、重則骨折，要安然而退可說是不可能的事！

「所以其實這個人已經被我們包圍了欸……」209寢、就讀法律系的小琪搔著下巴。

「沒錯，這個延宕了快一個月的謎團，就在今天這個寒冷、停電又下雨的夜晚裡……終於要揭曉了！」揮舞著手電筒的大姊頭，比出大力士的姿勢。

「好期待喔～真的好期待喔～」二姊頭和三姊頭同時露出振奮的表情。

「話不多說，我們就一起殺進去看看那個人到底是誰吧！」大姊頭么喝。

眾人就在大姊頭的率領下，一步步往廁所的方向走去。

「等等。」快要抵達廁所門口時，大姊頭突然停下腳步。

「怎麼了？」其他人在旁悄聲詢問。

「我覺得我們這樣太不專業了吧。」大姊頭停在原地。

「什麼不專業……」董小月看著大姊頭。

「我是指，我們這樣赤手空拳闖進去很不專業。」大姊頭耐心解釋：「萬一裡面真的是我們料想不到的人，那怎麼辦？」

「不然妳想怎樣？」小琪提提眼鏡。

「回去找傢伙。」

「什麼傢伙？」小琪追問。

「美琪、欣芸，妳們回房間拿掃把跟殺蟲劑。」大姊頭對站在身後的二姊頭跟三姊頭說道。

接收到大姊頭的指令，二姊頭和三姊頭用最快的速度跑回210寢室。

在兩人跑回房間拿傢伙的空檔，小琪好奇詢問：「拿掃把我勉強能理解，但拿殺蟲劑是要？」

「欸，這妳就不懂了，遇到神經病或變態，殺蟲劑多好用妳知道嗎？」大姊頭一副煞有其事的口吻。

「好吧。」既然大姊頭都這麼說了，小琪也就閉上自己那張嘴巴。

不到一分鐘的時間，二姊頭及三姊頭已經火速回到原地。

整裝待發後，六人依靠手電筒的照明，浩浩蕩蕩來到廁所大門。

果然就如大姊頭所說，當眾人來到廁所門口時，透過眼角餘光，雨涵瞄到地上散落著幾團用過的衛生紙及衛生棉，衛生紙上的屎屑及衛生棉殘留的經血，以一點一點的不規則形狀，零星遍布在廁所地板上。

除了這些讓人作嘔的畫面外，她還聽到廁所的後方傳來奇怪的聲響，那聲音就好似有一隻流浪狗正在翻找垃圾堆裡面的食物，那樣地急切與飢渴。

任何一個神智清楚的人都明白，這情況不正常，因為按理來說，即便是如眾人先前所猜的，是有人沒公德心或單純惡作劇好了，那應該也不至於產生翻找垃圾的行為吧？像得了強迫症一樣瘋狂翻找已經用過的衛生紙跟衛生棉，這人要不是一個變態，就是一個神經病。

「關上。」廁所門口前，大姊頭回頭對其他人示意，「把手電筒通通關上。」

「喔喔。」眾人趕緊將手電筒的電源關閉。

在最後一支手電筒的燈光也熄滅後，周遭又恢復到剛停電時那樣一片漆黑的狀態。

「可是這樣什麼都看不見了欸。」小琪細聲說道。

「我有方向感。」針對小琪的疑問，大姊頭一副老神在在的模樣，「剛才我已經記得最後一個隔間的方位，等等我數一二三，數到三時，大家打開手電筒，跟著我一起衝過去看，這樣知道了嗎？」

聽完大姊頭擬定的策略，眾人點了點頭。

「總之，等會兒交給我就對了！」深呼吸一口氣，大姊頭開始低聲倒數：「一……」

「二……」

雨涵緊張到臉色蒼白。

「三！」

咻一聲，六個女大生就像是六把脫弓的箭般，循著手電筒的光源衝到廁所最後一個隔間前面。

砰！

廁所隔間門應聲敞開。

一個人。

對，裡面真的有一個人。

一個姿勢怪異的人。

這人獨自待在小隔間裡面，不知道到底在幹嘛。

透過幾支手電筒協力照明，眾人終於稍微看清楚了待在隔間裡面的這個人到底是誰……

不看還好，一看，讓在場所有女生的心臟差點跳出胸腔！

蹲在馬桶旁邊的，是個男的，目測此人身材肉胖，而且戴著一副復古的粗框眼鏡。

這人的髮型、體型及穿著打扮，讓雨涵感到頗為熟悉。

沒錯，他應該就是前陣子常常尾隨自己的那個變態！

先前在校園裡面跟蹤、偷窺就算了，現在這人已經大剌剌潛進女宿廁所，在那邊行使他不正常的變態行為！

瞬間，雨涵腦中連結起先前發生的很多事情，諸如晾在曬衣廊的內褲被偷、出現在洗衣間及樓梯間鬼鬼祟祟的黑影……等等，現在她完全可以合理懷疑，這一切讓人匪夷所思的怪事，都是這個變態幹的！

就、是、他、幹、的。

一個變態。

死變態！臭變態！大變態！

或許是因為聽到門被踹開的聲音，原本低頭抓著一團衛生棉猛吸的這個人，此時微微抬起頭來。

儘管在漆黑的廁所內，雨涵只能透過手電筒打在這人臉上的光線來判斷，但藉由短暫的這幾秒，她依舊抓緊機會將對方看得更清楚些，感覺這個變態眼鏡男的臉色鐵青到異於常人。除此之外，他的嘴巴還沾有彷彿是剛吸過血似的血漬。

所以……這個人在吸血？在吸衛生棉上面的血？

瞬間，雨涵像是被雷擊般回憶起一件重要的事。

最後這間……是她今天剛使用過的隔間啊！

這幾天她那個來了，所以才到這個隔間解決生理期需求的啊。

該不會……這人現在手上吸的，正是自己用過的衛生棉吧？

想到這裡，雨涵不禁感到一陣毛骨悚然。

驚悚的事情還不只如此，當對方開口的時候，連同大姊頭在內的眾人，都被這人發出的聲音給嚇傻了眼。

嘴邊殘留點點血漬的變態眼鏡男，發出了像是飲水機沸騰時會有的聲音。

嘰嘰嘰嘰嘰嘰——

嘎嘎嘎嘎嘎嘎——

就在這瞬間，雨涵完全不敢相信自己的眼睛！因為她居然從對方張開的血盆大口裡，看到了類似野獸般尖銳的獠牙！

這裡到底是大學女宿，還是六福村野生動物園？

「啊啊啊啊啊啊啊！」

高亢、刺耳的女性尖叫聲接連發出，差點要將雨涵的耳膜給震破，眾人因為過度慌張而到處亂甩的手電筒，則在漆黑冰冷的女廁裡胡亂掃射光線。

慌了！

幾個年紀二十出頭的女孩，都因為這人全身上下怪異的模樣而慌了手腳！

頓時，整間女廁瀰漫著一股極度恐慌的氛圍。

「掃把！掃把給我！」兵荒馬亂下，大姊頭嘗試穩定軍心。

在接過二姊頭遞上來的掃把後，大姊頭像是打蟑螂那樣，朝著變態眼鏡男發動猛烈的攻勢。

啪！

變態眼鏡男身子一閃，掃把頭不偏不倚打在馬桶旁邊的地板上。

「沒中！」

「打歪了！」

尖叫聲此起彼落。

「別小看我的能力！」暴怒的大姊頭狂吼一聲，用使盡吃奶的力氣對變態眼鏡男進行第二波的攻勢。

啪！

也不知道哪裡學來的功夫，變態眼鏡男竟像古裝武俠片裡面的武林高手那樣，以敏捷的輕功閃過大姊頭第二波的攻勢。

「不要只在旁邊看！」大姊頭破口大罵，「拿殺蟲劑噴他！」

「喔喔～」手拿殺蟲劑的二姊頭，在聽到大姊頭下的指令後，手忙腳亂打開殺蟲劑瓶蓋，朝變態眼鏡男的臉上噴去。

嘰嘰嘰——

變態眼鏡男發出了一聲淒厲的慘叫，他一邊哀號，一邊縮到隔間後方的牆角處。

「我懂了！」大姊頭表情振奮，「他怕殺蟲劑！」

「我房間有一罐還沒用完的殺蟲劑。」董小月出聲。

「我也是。」小琪附和。

「那妳們先回去拿殺蟲劑，這邊我罩著。」說話的同時，大姊頭手上的掃把也沒閒著。

「好，那我們先回去拿。」董小月和小琪趁這個機會轉身離開。

啪！

啪啪！

就在大姊頭持著掃把浴血奮戰的時候，咚一聲，宿舍的電又無預警通了，整間廁所恢復原本光亮的照明。

原先僅依賴幾支手電筒微弱的光線，只能局部照亮這個人的模樣，現在有整間廁所強力燈光的支援，眾人又將這個人的形體看得更清楚了些。

不知道是不是因為剛才被二姊頭的殺蟲劑噴到，還是因為現在有了廁所光線的照明，雨涵總覺得變態眼鏡男的樣貌跟停電時相比，又有點不太一樣了。現在的他，臉色看起來比之前更為鐵青，面容也變得異常蒼老，就像是個五、六十歲的老頭。

為了閃躲大姊頭的掃把攻擊，變態眼鏡男像是隻猴子那樣在廁所隔間裡面蹦蹦跳跳。

嘰嘰嘰——嘎嘎嘎——

蹦蹦跳跳的時候，他不斷發出像之前那樣詭異的聲音。

經過幾回合的交戰，變態眼鏡男發揮驚人的彈跳力，在眾目睽睽下，從隔間裡面一躍而起，跳到隔間外面的廁所走道上。

「擋住他！」

聽到大姊頭的高呼，二姊頭和三姊頭馬上堵住廁所大門的出處。

嘰嘰嘰——

這次錯不了了！

第二次，雨涵看到那張帶有獠牙的血盆大口。

或許這會兒連其他人也看清楚了，透過眼角餘光的掃瞄，雨涵發現日文系三姝像是被雷擊般定在原地好幾秒。

「我們回來了。」拿著殺蟲劑的董小月及小琪，此時氣喘呼呼回到廁所。

「啊啊啊啊啊啊！」廁所瞬間佈滿這兩人的尖叫。

接下來，讓眾人目瞪口呆的事情再度發生了……

在張口朝眾人咆嘯幾聲後，如同手腳帶有吸盤吸力似的，變態眼鏡男以壁虎爬行的姿態爬到廁所牆上，沿著牆壁一路來到廁所最後面上方的窗戶，直接越過這個窗戶跳了下去。

「啊！」

「跳……跳下去了！」

摀著嘴巴的幾個女生，完全不敢相信眼前看到的居然是事實。

「我們趕快下去看看。」大姊頭二話不說，趕緊離開廁所往一樓門口跑去。

其他人猶豫了幾秒，也跟著大姊頭跑了下去。

不到一分鐘的時間，慌慌張張的眾人來到與女宿廁所相鄰的水泥空地。

此時，雖然外頭的風雨已經停歇，但一些尚未蒸發的雨水，仍在凹凸不平的水泥地板上，形成一個又一個的小水窪。

然而在那裡等待眾人的，是空無一人的錯愕。

「不見了……那個人……不見了！」

「怎麼會這樣？」

「會不會是離開了？」
「就算是落跑，至少也會留下一些足跡吧。」
「從二樓窗戶直接跳下去，就算沒骨折，至少也會扭到腳。」
「我看這空地沒什麼遮蔽物，如果真的扭傷腳，要從這裡離開到完全消失蹤影，至少也要一分鐘的時間吧。」
「我們剛剛從樓上下來，有超過一分鐘嗎？」
「我沒看手錶，但根據我的直覺，我覺得沒有……」
七嘴八舌的討論，響徹了女宿夜晚的天空，但無論說得再多，就是沒有人能確定這個人到底去了哪裡，而又為什麼會這麼迅速地消失。
雖然直到目前為止，沒有人說出太過超自然的推論，但眾人心中其實都有個底。
畢竟，臉色鐵青可以說是身體不好，面容蒼老可以說是保養得差，彈跳力異於常人，可能是因為這個人有麥可喬丹的天分，嘰嘰嘎嘎的怪聲可以偽裝，而張口冒出的那個可能、應該、也許、好像是獠牙的東西，可以掰說是因為對方天生齒相不好。然而……能夠在光溜溜的牆壁上用壁虎的姿勢爬行，這就無從解釋了吧？到底是什麼樣的特異功能人士，能夠用這樣的方式在牆壁上來去自如？
扣掉一些睜眼說瞎話的推測，最合理的解釋是……
她們遇到的這個人，其實……根本不是人！

20

女廁裡面沒有安裝監視器，這點，成了本次事件最大的硬傷。

即便幾位女生描繪得栩栩如生，諸如噁男吸舔衛生棉的面目多麼猙獰、從廁所牆壁爬行離開的畫面多麼驚悚，宿委會的幾位輔導員依舊表現出嗤之以鼻的態度。

對，同時有這麼多人看到一樣的東西，使她們承認可能真的有個男生躲在女廁裡面，然而對於其他那些超自然的描述，什麼看到對方嘴巴長獠牙啦、像猴子一樣在隔間裡面蹦蹦跳跳啦、最後學壁虎爬行離開廁所啦，這些她們一概認為是這些女生看到有變態躲在女廁後太過震驚，再加上停電看不清楚，才會產生這些脫離現實的幻覺。

一句話，這些女大生通通需要心理輔導，不然這件事不只會成為她們心裡一輩子的陰影，如果開學後到處亂講話，還會造成學校聲譽的受損！

在給眾人心理輔導之前，學務處已經先做好準備，如果在心理輔導談話的時候，又有人提起當晚一些超自然現象的話，就通通用該名學生精神狀況不穩做為結論，順便也是暗示那位學生，請她自己給自己下「封口令」，不然的話……在手中缺乏明確證據的情況下，如果一位學生依舊堅持口中這些怪力亂神的說法，那最後這個學生能否安然從這間學校畢業，這想必大多數腦筋正常的人，都能明白箇中得失。

好在這事情發生的時間點在學期末，現在上學期已經結束，學生們也都考完試回去過年了，趁著寒假期間校內空蕩蕩的大好機會，校方低調地請道士來學校作法，同時公關也努力壓下新聞，不要讓這件怪事變成地方頭條擴散出去。

砰！

從那天開始，不只這間廁所成為被學校封印的禁地，二樓的所有寢室，包含當初撞鬼女生們所住的 205 到 210 寢，都通通要搬到別棟宿舍，而淨空下來的這些房間，就直接掛上鎖鏈、封上封條，隨著這個祕密一起被打入暗無天日的黑牢裡面。

然而，一切尚未結束，就在新學期還沒開始之前，一件突如其來的噩耗傳入了雨涵的耳裡。

小青死了。

雨涵沒想到……原本以為只是普通的感冒，卻在短短的一個月內急速惡化，並演變成多重器官衰竭，最終走上斷送青春的道路。

在小青告別式上，幾位穿著喪服的親屬齊聚一堂，整個場面充滿了難以言喻的哀戚。

畢竟，這般白髮人送黑髮人的場景，任誰都會感到鼻酸的吧。

靈堂外面，小青的母親一見到雨涵，便衝上前去對談。

「雨涵。」小青的母親眼眶紅腫，想必這些日子掉了不少眼淚。

「小青這樣，我真的感到很意外……」雨涵面帶哀傷。

「一開始還好好的，我也沒料到後來會急轉直下……」說到這裡，小青的母親又忍不住哽咽。

「醫生有說死因是什麼嗎？」雨涵問。

「我們問了很多遍，醫院只說是多重器官衰竭，除此之外就問不出更詳細的死因了。」小青的母親看著雨涵。

「可是就我跟小青同居快兩年的觀察，她的身體一向都還挺健康的啊，很少生病。」雨涵回想。

小青的母親連連點頭附和，「這孩子從小身體也沒有什麼大病痛，卻沒想到這次居然會被一個感冒給帶走……」

「嗯。」雨涵眼眶泛紅。

「那妳回想一下，她在住院之前，有發生什麼比較異常的事情嗎？」小青母親的語氣忍不住激動。

面對小青母親急切地詢問，雨涵想起前陣子兩人內衣褲被偷、206 寢室被不明人士翻箱倒櫃，而後自己又在廁所裡面遇到疑似是鬼怪的一連串怪事。

為了避免短時間內對小青母親進行第二次的情緒刺激，在猶豫了一會兒後，雨涵決定不把發生的事情描述得太詳細，而只是輕描淡寫地提示小青母親，兩人可能遇到不乾淨的東西。

「難道是卡到陰？」聽完雨涵的簡述，小青母親的神情變得更為嚴肅。

「我也不知道，只覺得最近好像周遭發生了一大堆怪事。」

「如果是這樣的話，那妳自己也要小心一點。」小青母親用媽媽的口吻，溫馨叮嚀雨涵：「趁寒假有空的時候，記得去廟裡找法師祭改。」

雖然自己並不是特別迷信的人，但那天在廁所親眼看到的事情，讓雨涵覺得寧可信其有，不可信其無。對於小青母親的建議，雨涵把它放進了心裡。

回程時，今天和小青母親的對話，還如同不斷回放的串流音樂般，在雨涵的腦中重覆播放著。

原本想搭公車回家的雨涵，就在離開靈堂，還沒抵達公車站牌的途中，藉由微微轉頭的餘光視線，她突然發現……

有個人尾隨在她身後，鬼鬼祟祟不知道想做什麼！

雨涵稍微放慢腳步，走到轉角處時，她嘗試透過巷口反射鏡的照射，來看清楚這個人的樣貌。

只可惜因為距離及角度的關係，雨涵並無法藉由這樣的方式來達到原先的目的。

基於之前有被變態眼鏡男跟蹤的不好經驗，情急之下，雨涵決定用小跑步的方式來擺脫對方的糾纏。

或許是被雨涵的反應給逼急了，這人居然也跟著快跑起來。

對方的舉動讓雨涵更慌了！

來到另一處轉角時，透過巷口反射鏡的照射，雨涵推測現在在身後追著自己跑的，應該是個男的！

當一個人身處在兵荒馬亂的時刻，光憑直覺在完全陌生的街道上胡亂奔跑，下一步產生的結果往往就是迷路，而方向感向來不太好的雨涵也不例外。

經過約莫兩分鐘無頭蒼蠅式地亂鑽亂竄後，林雨涵，她，在這個偏僻的陌生巷弄裡迷路了！

更糟糕的事情還不只如此，在陌生男子緊迫盯人地跟蹤下，慌了手腳的雨涵誤入一條狹長封閉的小巷弄，然而這條看似單純的小路，卻在十幾秒後，讓她通往了一個死路！

年輕女生、被陌生男子跟蹤、封閉的小巷、死路、周遭完全沒人……

這絕對是宇宙霹靂無敵糟糕的組合！

「你……你想要做什麼！」經過一連串快速奔跑而氣喘吁吁的雨涵，驚恐地看著眼前這名高高瘦瘦的男子。

男子沒有回話，而只是又上前走了幾步。

「你不要亂來喔，你再靠近我的話，我就要打電話報警！」雨涵拿出手機示意。

不理會雨涵的警告，男子又再上前走了幾步，此時兩人的距離已不到三步之遙。

眼見警告無效，雨涵準備提起手機，撥打 110 報警。

就在這時，男子終於開口了——

「小姐。」撇開這人變態的行為不談，坦白說男子發出的聲音還蠻好聽的，是那種很有磁性的嗓音。

清了清嗓門，男子繼續說道：「小姐，妳的零錢包掉了。」

挖哩～

雨涵差點沒暈倒。

「謝……謝謝！」雨涵用顫抖的雙手接過零錢包。

在將零錢包遞給雨涵後，男子接著說道：「您好，我是宗教學研究所的研究生，我叫孟承恩。」

孟承恩？

這名字感覺有點夢幻……

看過不少校園愛情小說的雨涵，不禁開始仔細打量眼前這個男生的長相。

單就目測來判斷，此人身高近一百八十公分，體重約七十公斤。他有著一頭像是日本漫畫美型男那樣的飄逸秀髮，不只五官端正、皮膚吹彈可破，就連眉宇之間也散發出一股年輕帥哥特有的俊朗氣息。整體評判，顏值可說是高到逆天！

憑良心講……

這男生其實長得還蠻帥的，是自己喜歡的類型。

當然，這些都只是雨涵心中的OS，絕對不能讓其他人知道，尤其是眼前的這個人！

面對這樣英俊挺拔的男生，雨涵除了心跳加速外，臉頰也微微紅了起來。

「很高興認識妳，請問妳叫什麼名字呢？」對方說話的口氣很紳士、很有禮貌。

「我……我叫林雨涵。」面對心儀的對象，雨涵罕見地講話結巴起來。

「妳是K大二年級的學生，是嗎？」

孟承恩吐出的這個問句，讓雨涵心中微微一驚，畢竟……自己才第一次認識這個人的啊！

「你怎麼會知道？」雨涵反問對方。

「我不只知道這些，我還知道妳剛剛參加完吳曉菁的喪禮，對吧？」

「是……是又怎樣？」對方一連串的話語，讓雨涵覺得事情越來越不尋常了。

「我長話短說好了。」清了清喉嚨，孟承恩又繼續說道：「之前妳和吳曉菁有參加校內社團的社遊，發生了一些奇怪的事，而後回到學校，又在學校女宿裡面遇到難以用科學解釋的怪事，我說的應該都沒錯吧？」

對於孟承恩上述的話語，雨涵除了佩服對方外，更想知道的是……為什麼他會曉得這些事情？

或許是透過面部表情猜到了雨涵內心的想法，孟承恩緩緩解釋：「這件事情要從幾個月前說起，那時候我因為畢業論文的主題找不到靈感而覺得焦慮，恰好有認識的朋友在報社當地方版面的記者，才因緣際會得知了妳們社遊的事情，以及謝宗翰的命案。」

「謝宗翰？」對於孟承恩連謝宗翰死亡的事情都一清二楚，雨涵感到有點不可思議。

「是的。」孟承恩點頭，「我那個記者朋友在警界有點人脈，透過多方打聽，得知了謝宗翰的命案極不尋常。」

「你口中的極不尋常，指的是什麼？」雨涵好奇詢問。

「就好比……」想了想後，孟承恩回答：「死者身上的爪痕十分離奇，台灣野生的大型食肉動物，基本上就只有黑熊，然而根據我聽到的說法，死者身上的爪痕，不像是黑熊攻擊人後所會留下的痕跡。」

「除此之外，還有一些地方。」不顧雨涵面色蒼白的反應，孟承恩接著說下去：「例如十二月法醫驗屍的時候，推估出來死者的死亡時間已經長達三個月之久，回推回去就代表死者在九月份社遊的時候就已經死亡，然而根據警局傳喚多名證人，以及調閱各個監視器後可以確定，死者在十月份都還有活動的足跡。」

「不對啊……」雨涵慌張打斷孟承恩的話，「之前被警察約談的時候，對方明明說是謝宗翰在最後一次見完女友後，又跑回我們當初社遊時所經過的那個山洞，最後在山洞裡面遇害的啊……而他們推估出來謝宗翰實際的死亡時間，是十月中旬，甚至是十一月初，這跟你說的版本不一致！」

「因為妳們被騙了。」孟承恩突破盲腸，「這個案子從頭到尾，有些事情妳們都一直被蒙在鼓裡，不曉得那隱藏在背後的事實，到底有多麼可怕。」

「我們……被騙了？」如果是被詐騙集團詐騙就算了，欺騙自己的，居然是號稱人民保母的警察，對於人性的醜陋，雨涵感到心中一陣刺痛。

「對，為了趕快交差了事，這些警察選擇瞞天過海草草了結這個案子，但他們卻沒考慮到這樣便宜行事的作法，所帶來的是潛在被害人的鬆懈，而這樣的鬆懈，最終也平白葬送了一條無辜的性命。」

聽完孟承恩的話，雨涵又想起了小青的死，表面上沉默不語的她，此時心中又升起一股莫名的傷痛。

直到過了好一陣子，雨涵才開口問道：「那所以……你今天找上我，目的是想要做什麼呢？」她看著孟承恩。

「我們可以幫妳，而這幫助的過程，也能讓我產生更多的靈感，完成懸宕已久的碩士論文。」

「你說的『我們』，是指誰？」

「我，跟我的指導教授。」孟承恩解釋：「他在我就讀的系所已經待上十幾年了，從以前就專門研究各種妖魔鬼怪，而從近幾年開始，他嘗試用類科學的角度來研究這些東西。對他來說，這些妖魔鬼怪就類似外星人般的存在，妳應該聽過一種說法，神明也是外星人的一種，外星人在很久以前就曾經造訪過地球，因而被當時的古人記載下來，成為流傳後世的神祉。」

「嗯。」在聽完孟承恩口沫橫飛的話語後，雨涵又恢復到先前沉默的樣子，畢竟她雖然不是個極端的無神論者，但也不是宗教方面的狂熱信徒，對於這些號稱某某靈學專家的人士，她還是暫時抱持著半信半疑的態度。

「我說的那個指導教授的工作室，剛好就在這附近的不遠處，如果妳不嫌棄的話，可以到他的工作室聊聊。」可能是看雨涵露出遲疑的態度，孟承恩主動向她提出了這個邀約。

原本雨涵並不是十分有意願，但最近一連串發生的怪事真的太多了，包大膽死了，就連小青也去世了，如果按照常理推斷，那接下來危險的可能就是自己。再說……對方知道這麼多前因後果，看起來也不像是一般騙財騙色的詐騙集團所能做到，反正……自己手上有手機可以求救，如果真的臨時有什麼事情發生，大不了就撥通電話報警。

看著孟承恩誠懇又俊俏的臉龐，經過一番猶豫與掙扎，雨涵終於點頭答應了這個邀約。

21

晚上七點，張天一妖怪研究室。

甫進門，一位髮線偏高，感覺已經輕微禿頭的中年發福男子，出現在雨涵的面前。

「妳好。」彷彿早有預料般，在看到雨涵後，中年男子露出淡淡的微笑。

「你好。」雨涵尷尬地點了點頭。

和兩位陌生男子單獨處在密閉空間內，雨涵內心仍感到頗為緊張。

「想必承恩已經事先跟妳介紹過了，我就是這個工作室的創辦人，也是承恩的研究所指導教授，我叫張天一。」張教授提了提眼鏡。

「嗯嗯。」

「先找個位子坐下來吧。」張教授親切地招呼雨涵坐下。

坐下的同時，雨涵順便打量了一下周遭的環境。

既然都說是妖怪研究室了，房間也的確佈置得很有妖怪研究室的味道，除了一些不知從哪裡買來的妖怪雕像外，四周牆上還掛著許多妖怪的壁畫。

然而和雨涵原先想像的形象有點不同，她原本以為創辦妖怪工作室的人，看起來應該會很像是靈異節目上面所看到的靈學專家或命理專家，例如說上半身穿個全白色、中間帶鈕扣的長袖漢服，下半身搭配全黑長褲之類的。

然而事實上，如果單純就穿著、打扮及儀態來判斷，與其說對方像個靈學專家或命理專家，還倒不如說他像個喜愛鑽研科學的狂人。

對，就是像日本卡漫或遊戲裡面，常常可以看到的那種怪博士。

除了必備的圓框眼鏡外，還需搭配純白色的長袍，以及深色的西裝褲，整體看起來，就是一副既專業又帶有權威的樣子。

待眾人都就定位後，張教授開口詢問雨涵最近發生的事情。

從九月社遊在南投山上鬼打牆、做惡夢，到後來發生的一系列怪事，諸如在宿舍裡面內衣褲被偷、廁所撞鬼、小青因病去世……等等，雨涵盡可能用簡短但完整的方式告訴對方。

聽完雨涵一連串的描述，整整有快一分鐘的時間，張教授維持低頭沉思的樣子。

面對教授沉默不語的姿態，雨涵一時之間不知自己該不該打斷對方的思考。

直到又過了好一陣子，張教授終於開口打破沉默：「林同學，妳知道纏上妳們的，是什麼東西嗎？」

雨涵搖搖頭。

張教授從抽屜裡面拿出一張長條狀白紙，隨後他抽起桌上的毛筆，沾了沾墨水後，在白紙上寫下一個字。

魅。

「魅？」看著這個由毛筆寫成的大字，雨涵眼睛瞪得大大的，半晌說不出話來。

「對。」眼見雨涵一臉吃驚的模樣，張教授又接著解釋下去：「古書上面所記載的魑魅魍魎，其中魑魅是出沒在山中的精怪，而魍魎則是水裡面的怪物。」

「妳可以想像，就是類似台灣傳說裡面，魔神仔這樣的東西。」孟承恩在旁補充。

「喔……那這些山中精怪，是怎麼形成的呢？」對於這些民俗傳說，雨涵真的不是很有研究。

看雨涵一頭霧水的模樣，張教授耐心解釋：「針對魑魅的形成有很多種說法，目前普遍認為這些山中精怪是山間異氣，或木石走獸幻化所生。所謂的山間異氣，就好比山林沼澤所產生的瘴氣，而木石走獸則包含得更廣，諸如老虎、狐狸、蛇蠍、昆蟲、巨石、大樹……等等，這些都有可能在長久的修煉後幻化成精，形成我們一般口中所說的『精魅』。」

「可是我有個疑問。」雨涵看著兩人，「你們是從哪些地方，判別出我們遇到的是魑魅呢？」

「其實我們也是調查了很久。」在孟承恩說話看著自己的時候，雨涵臉頰又微微一紅。

「沒錯。」張教授接過話，「當我們從承恩身邊的記者朋友，得知了這個離奇的案件後，我們先是花了不少時間探查這個案子的相關人士，包含妳跟妳的朋友們。之後承恩藉由在校園裡面臥底及多方探聽，我們除了得知你們這些人的詳細背景，例如姓名、就讀的科系、年級、抽中的宿舍等等，還探聽到了妳跟吳曉菁在學校宿舍裡面，後續又遇到了一些怪事，像是內衣褲被偷、看到不明的黑影等等。」

「我必須要說，上面這些真的花了我們不少時間。」孟承恩苦笑。

「就在我們稍微釐清了點頭緒時，一件突如其來的事情發生了，那就是吳曉菁的病死。也因為這件事情，讓我們決定提早現身和妳聊聊，或許能夠相互合作也說不定。」

「你們所謂的合作，就是指由我提供經驗，讓你們完成一個前無古人、後無來者的曠世巨作嗎？」坦白說，如果是單純為了學術論文，那雨涵會覺得有點不屑。

「妳不要往負面的方向去想嘛。」孟承恩露出暖男般的笑容，「當然我不否認，一方面是為了蒐集論文的素材，但另一方面，也是為了妳的性命著想啊！」

儘管孟承恩的表情既帥氣又誠懇，但雨涵還是假裝輕輕哼了一聲。

「那你們要怎麼幫我？」雨涵看著兩人。

「我覺得在幫妳之前，要先請老師灌輸一些基本知識，畢竟我們不可能二十四小時都在妳附近，如果老是狀況外的話，會讓妳陷入一個很危險的境地裡。」孟承恩表情嚴肅。

「基本知識？」

「對。」張教授點點頭，「接下來，我會用條列式的方式，一個個告訴妳精魅的特徵，以及教妳如何判斷眼前的這個人是精魅。」

待雨涵準備好紙跟筆做筆記，張教授帶她來到牆邊，那裡有個直立式的小白板，上面掛著好幾幅用黑白線條交構而成的古畫。

「等等我會一個一個講，妳好好仔細聽，如果有不懂的，隨時可以舉手問我，我會停下來解釋。」

在雨涵點頭後，張教授開始述說。

「首先，最基本的一點，精魅會幻化成人形，但精魅長年處於深山之中，即便是道行高深的精魅，由於接觸凡人的時間點，可能已經相隔數十年，甚至數百年之久，因此在剛幻化成人形，或是剛接觸凡人的初期，可能會有一段適應的過程。換句話說，精魅跟人一樣，也需要『學習』。」

說到這裡，張教授嚴肅地推推眼鏡，「雖然剛開始的時候，精魅可能會有點笨拙，不過隨著時間不斷過去，與凡人頻繁互動的精魅，透過觀察與學習，言行舉止會變得越來越像活人。到後來，甚至很難透過談話或動作，來判斷眼前的這個人是不是精魅的化身。」

聽到張教授這番話，雨涵想起了前陣子一直尾隨自己，而後又在女廁裡面出沒的變態眼鏡男。

「所以，我在廁所裡面看到的，那個就是精魅？」雨涵抬頭看著張教授。

「對。」張教授點頭，「想必在潛伏廁所之前，這隻精魅就已經觀察妳們一陣子了，而且不只它，還有妳們在社遊下山時看到的謝宗翰，也是精魅的化身。」

對了，如果不是張教授提醒，雨涵還差點忘記這件事……

根據今天下午，孟承恩在路上時所述，包大膽的死亡時間是九月底，也就是社遊那天，難怪他在下山的途中總是低頭不發一語，不知道在想什麼……

原本以為當天的沉默，只是包大膽因為受到驚嚇而產生的心靈創傷，結果沒想到，其實根本是因為對方那時候早就死了！精魅不只殺死對方，而且還將其取而代之，偽裝成這人的模樣混進周遭，觀察她們的一舉一動！

「打從社遊那天在車子上面，這隻精魅就很努力地觀察你們，包含你們的談吐、外貌特徵，以及身上的氣味……」一字一句，張教授說出無比駭人的真相。

見雨涵臉色蒼白，張教授先等雨涵安定情緒後，又接著說下去。

「第二點，精魅幻化人形的方式，其實有些規則。在絕大部分的情況下，精魅會先殺死對方，啖其骨肉及血液，藉此吸取對方的精氣神後，幻化出這個人的樣貌。此外，為了取信被害者，精魅習慣化成被害者身邊熟悉的人以鬆懈其心防，這也就是為什麼，當初精魅在殺死謝宗翰後，會用他的形象混進你們的圈子裡面。而從另一個角度來看，精魅所幻化出的人，往往都是已故之人。」

「嗯……我有個問題。」雨涵打斷張教授的話，「為什麼精魅要化成兩個不同的人形？我是指一開始的時候是謝宗翰，而後來卻變成那個變態眼鏡男？」

「雖然我不是這隻精魅肚子裡面的蛔蟲，但如果猜得沒錯的話……最一開始可能謝宗翰在洞穴裡面不小心看到它，所以它殺死了謝宗翰，而為了不讓你們起疑，同時也是為了鬆懈你們的心防，這隻精魅以謝宗翰的樣貌跟著你們下山，並回到大學校園裡面。回顧我第一點所說的，剛下山的精魅也需要學習，即便以謝宗翰的形象維持了一陣子，但這樣的偽裝不可能太久，遲早會露出破綻，所以過一陣子後，它便拋棄了謝宗翰的這個形象，幻化成了另一個陌生男子的樣貌，也就是妳說的變態眼鏡男。這麼做，除了讓妳們找不到言行舉止的破綻外，同時也是方便後續在妳們身邊偷偷觀察。」說到這裡，張教授用嚴肅的表情看著雨涵。

「不過這隻精魅可能和外界脫節太久了，不知道我們現在人類的科技，已經進步到可以透過DNA來判別死者的身分，以及死亡的時間。」在旁補充自己看法的孟承恩，此時噗了一聲。

「所以照你們所說……那個變態眼鏡男，也是已經死去的人？」雨涵睜大眼睛。

「有很高的機率是這樣。」張教授提了提眼鏡，「照理說，剛下山的精魅，見到的人並不多。就如我剛才說的，在絕大部分的情況下，精魅會先殺死對方，啖其骨肉及血液，藉此吸取對方的精氣神後，幻化出這個人的樣貌，所以這人可能是以前曾經被這隻精魅殺死的被害人。」

「那這個人到底是誰？」雨涵忍不住提問。

「這我自然無從曉得。」張教授苦笑回應。

「關於這點，我想到一個辦法。」孟承恩插話，「既然妳手上有這人的照片，可以把這人的樣貌印出來，到警察局或戶政事務所詢問，或許可以得到答案。」

「嗯。」雨涵想起當初走回宿舍的途中，用手機拍下變態眼鏡男的往事。

「到目前為止，妳還有什麼問題嗎？」張教授看著雨涵。

見雨涵搖頭，張教授又接著說下去。

「第三，是精魅和鬼魂的差異。」翻開一幅對比圖，張教授用細長的教鞭指著白板，繼續說下去：「鬼魂想必妳應該很熟悉，鬼沒有實際的形體，面貌也往往較為模糊，它們害怕陽光，出沒的時間往往在漆黑的夜晚，至於精魅則可以幻化成實際而且清晰的形體，如同常人般出現在生活周遭，並且出沒的時間點不限於晚上，也就是說，它們即便是光天化日下也可以行動。再者，鬼魂通常是透過附身在常人的身上，進以控制對方的心智，反之精魅則較少直接附身，而是透過蠱惑的方式控制對方。最後，鬼是人死後所化，因此其死後的形象呈現，通常是延續自己生前的樣貌，並且和當初的死法有關，例如吊死鬼就會面色鐵青、吐著長舌等等，至於精魅，就如同我前面兩點所說，它習慣在殺死對方後，幻化成這個人的樣貌，目的可能是出於潛伏、偽裝……總之，雖然人死後也可能變成精魅，但精魅更常見的，是由山間異氣或木石走獸修煉幻化而成，也因此，精魅所顯露出來的形體，往往和本身沒有絕對的關係。」

「這樣聽起來……怎麼感覺精魅比鬼魂更高一籌？」雨涵抿著嘴巴。

「某種程度來說，是這樣子沒錯。」張教授點點頭，「鬼因為沒有實際的形體，所以就像煙霧或空氣那樣，可以任意穿透物理表面，而不留下任何的足跡，但精魅就不是了，精魅有實際的形體，因此在進出居所的時候，會留下破壞的足跡。」

「所以……精魅會開門？」雨涵提問。

「妳就試想一個歹徒想闖進妳的住處，會做出什麼樣的行為就好了。」孟承恩代替教授解釋。

「那如果門上鎖呢？」雨涵追問。

「這要看這隻精魅的道行而定。」張教授回答。

「我會問這個問題，是因為之前住在學校的時候，寢室有被人闖入過，而且還在裡面翻箱倒櫃，時間點就在去年的十一月！」

「妳說的這件事，剛好連結到我後面要提到的第四點。」張教授推推眼鏡。

「其實我想問的是……精魅有沒有可能在門窗都上鎖的情況下，以不破壞門窗的方式潛進房間內呢？」雨涵接續剛才的疑問。

「關於這個問題，我以第四點回答妳。」張教授解釋：「精魅除了幻化成人形外，也可以偽裝成黑影或其他小動物，所以妳可以想像一種情況，即便房門上鎖，但如果房門的設計，底下是留有門縫空隙的，那精魅依舊可以藉由昆蟲或爬蟲的形態，飛行或爬行進屋內，這樣妳明白了嗎？」

「原來是這樣啊……」彷彿醍醐灌頂般，雨涵恍然大悟。

「有些曾經目睹魑魅魍魎的人會疑惑，那些在山路上行走的精魅，可能上一秒還看得到，但下一秒就突然消失了，其實這未必是消失，而是可能以黑影或昆蟲的樣貌潛伏在周遭，但凡人的肉眼卻不容易分辨得出來。」張教授嚴肅地說。

聽到張教授這番話，雨涵胃裡像是被灌了一大桶冰水，她又不自覺沉默了起來。

「如果沒問題的話，那我就繼續說下去了？」張教授看著雨涵。

「嗯。」雨涵點頭。

「好，那麼第五點……是精魅害人的方式。」張教授清了清嗓門，朗聲說道：「在這邊，我要先給妳一個觀念，儘管台灣民俗傳說裡面的魔神仔，也是魑魅魍魎的一種，但就過往被魔神仔纏上的案例，其實多半是被蠱惑或捉弄，真正被殺死的並不多，然而如果被山精、精魅這類的精怪纏上，往往不是被殺死，就是被吸乾精力後，身體逐漸衰弱而病死。」

「先說殺死，具有多年道行的精魅，長有駭人的利爪及獠牙，在殺人的時候，喜歡先用利爪撕裂被害者的身體，再啃食其骨肉、吸乾其血液；至於病死的部分，精魅常以昆蟲或爬蟲的形體圍繞在目標的周遭，逐漸吸取這個人的精、氣、神，隨著時間過去，如果沒有做出適當處置的話，這個人最終會虛弱而死！」

張教授來回踱步起來，邊踱步邊說下去：「人穿過的衣物會留有『人氣』，所謂的人氣，便是指人殘留的精、氣、神，而年輕女孩私密處也會分泌一些經血跟分泌物，這些也容易殘留在穿過的內褲上。」

講到這裡，張教授特別提醒雨涵，「如果我推測沒錯的話……這隻精魅當初在曬衣廊偷走妳和吳曉菁的內衣褲，後續又在寢室裡面翻箱倒櫃，從中應該已經掌握了妳們身上的氣味，隨後很長一段時間，它藏匿在妳們女宿的廁所裡面，藉由吸食經血來壯大自己。」

張教授的說法，讓雨涵又想起之前發生的一連串不舒服的往事，她語氣顫抖地回應：「所以……這隻精魅先殺死謝宗翰，然後又纏上小青，害小青因病而死，接著它可能再將目標鎖定那天也有參加社遊的人，就好比我！」

「妳先不要激動。」張教授和孟承恩連番安撫雨涵，「先不要這麼激動。」

「我們會盡力幫助妳化解這個災厄的。」孟承恩全身上下洋溢出一股暖男的氣息。

待雨涵情緒穩定下來後，張教授做了個中場的緩和。

「前面五點，就是精魅的特徵，接著，我會談如何判斷眼前的這個人是精魅。」

喝了口水，張教授翻出一面新的古畫，上面有各種情境的示意圖。

「關於判別的方法，目前主要有幾種方式。方法一，在身邊帶一隻黑狗。相傳黑狗帶有靈氣，如果周遭有不乾淨的東西，這些黑狗就會異常地騷動，有時甚至會吹起狗螺來。然而這有一點要切記，有些外觀看似黑色的狗，其實有混種過，必須要純種黑狗才行。」

「方法二，鏡子。透過鏡像的反射，任何魑魅魍魎都會現形！然而，並不是一般的鏡子就可以做到，必須要是開光過的八卦鏡。此外，如果鏡面有破損或裂痕，那這面鏡子也會失去原本應有的效力。」

「方法三，準備黑狗血。黑狗血有驅魔避邪的功效，只要將黑狗血潑灑在精魅身上，精魅不只會立即現形，還會受到極強大的傷害。」

「方法四，隨身攜帶避邪小物。這類的避邪小物很多，例如糯米、艾草水、符水等等，和黑狗血相同，只要將這些東西潑灑在對方身上，再觀察對方的反應，就能得知眼前這個人是不是精魅的化身！」

「方法五，火燒。魑魅依山，魍魎逐水，山屬木，木怕火，水火則不容。因此，身邊只要有火靠近，精魅就會馬上破功，要不露出原形，要不就是發出異於常人的怪聲。」

「這個……」雨涵吞了吞口水。

「怎麼了？」兩人看著雨涵。

「其實上次在女廁跟精魅大戰的時候，我發現精魅會怕殺蟲劑，因為當時用殺蟲劑噴它眼睛，它發出了害怕的慘叫。」

「雖然殺蟲劑可以對抗一下，但是是無法真正重創精魅的。」張教授解釋，「如果想消滅精魅的話，務必還是要用我上面提到的這些東西。」

「嗯……那我了解了。」

「不過坦白說……有些事情到目前為止，我也沒弄得很明白。」張教授皺起眉頭來，「例如直到目前為止，我們還不了解這隻精魅的目的，是單純為了吸食妳們的精氣神，修煉以增加自己的道行，抑或是另有目的？」

「至少，我們是從那天社遊回來，才被這隻精魅纏上的，這點應該沒有爭議吧？」雨涵望著兩人。

「目前看起來，的確應該是，只是一般的魑魅魍魎在隨著常人下山後，照理說不會只鎖定特定幾個人，而是具有一定程度的地域性。」

「什麼意思，可以解釋得更清楚些嗎？」張教授上面這段話，讓雨涵聽得不是很懂。

「例如說，假設張三跟李四住在山下，某天一起上山砍柴時，在山上撞見像山精這樣的精怪，山精隨著這兩人下山後，可能回到他們的住所，但如果兩人突然搬到離原本的住所很遠的地方，那山精有可能回到山上，或是繼續徘徊在他們原本的住所附近，而未必會隨著兩人移動自己的棲地。」

頓了頓，張教授繼續解釋：「這也就是為什麼，住在山上的居民，不只容易碰見山精，而且住處還容易遭到山精的侵擾。」

「其實很好理解，就像住在水邊，或常去水邊玩水的人，容易碰見水鬼的道理一樣。」孟承恩打了個簡單的比方。

「另外還有一個地方，我也弄得不是很明白，就是妳們當初社遊的時候，既然這隻精魅在洞穴裡殺死了謝宗翰，那為什麼後續跟隨妳們下山的途中，不在車內將妳們通通都殺死？總之……這背後還有一些事情，是我們暫時無法通曉的。」張教授提提眼鏡。

「嗯。」聽完張教授詳細的講解，雨涵覺得內心好沉重。

「那按照你們的經驗，我接下來該怎麼做比較好？」她抬頭看著兩人。

「我的建議是……首先就如同我剛才說的，因為魑魅魍魎有地域性，所以建議妳先搬到遠離學校女宿的地方。再來就是無論白天或晚上，全天最好都配戴著一些避邪小物，例如艾草包或護身符。」

「這樣就可以避免精魅的騷擾了嗎？」雨涵一臉認真。

「我必須坦承，這沒辦法百分之百保證。」張教授回答，「雖然這些小物有避邪的功用，但實際還是需看那隻精魅的道行而定，不過隨身配戴總是有好無壞的，不是嗎？」

「我想也是。」雨涵手托下巴，露出無奈的表情。

「剛好現在放寒假，妳在遠離學校宿舍後，這陣子先觀察一下，如果有奇怪的黑影出沒，或是常常做惡夢、身體不適等狀況，就要提高警覺了。」張教授表情嚴肅。

聽完這些話，雨涵又忍不住想起剛才張教授說的，精魅偷內衣褲是為了吸取自己身上的精氣神，還有先前學校女廁發生的，沾血衛生棉被變態眼鏡男拿來吸吮舔拭的事件，這些都讓雨涵感到無比噁心！

眼見雨涵依舊露出不安的姿態，張教授當晚舉行一個去晦氣的祭改儀式，同時還給她一些避邪小物帶回家。

「之後我會找時間，去妳們當初社遊的那個洞穴裡面看看，看能不能找到更多的蛛絲馬跡。」張教授推推眼鏡。

「那就麻煩你們了。」雨涵禮貌性地點頭致意。

臨走前，孟承恩和雨涵互留了聯繫方式，雖然內心忐忑不安，但除了繼續觀察下去外，雨涵似乎也沒有其他更好的辦法。

22

說也奇怪，不知是否張教授的祭改儀式奏效，自從那天和孟承恩一起前往妖怪研究室求救後，雨涵的生活倒是好端端的，無論是睡眠還是身體，都沒有出現什麼明顯的異狀。

張教授是個超級大忙人，多數的時間都是神龍見首不見尾，比較主動積極和雨涵接觸的，是那個號稱自己碩士論文便祕很久的孟承恩。

隨著和孟承恩相識日久，雨涵也逐漸了解這個人的特質與個性，除了一開始就感受到的暖男氣息外，雨涵還發現他雖然剛開始認識的時候，會帶點緊張和拘謹，但熟了以後其實還蠻逗趣的，有時候會做出一些搞笑的動作，或是說些不太好笑的冷笑話。

身邊男性朋友很少，同時也從來沒有交過男朋友的雨涵，不知道孟承恩這樣的特質，在坊間是否常見？但無論常見與否，在她的內心深處，已經悄悄對這個新認識的男孩子留下一筆深刻而且不差的印象。

對於孟承恩那天在妖怪研究室裡面說的話，雨涵並沒有忘記，她將當初用手機拍的幾張變態眼鏡男的照片整理好，用彩色印表機通通印出來，和孟承恩約了一個有空的時間，兩人一起到轄區的戶政事務所尋求幫忙。

就在一個多雲的午後，雨涵和孟承恩在戶政事務所門口碰面。

「這就是妳說的那個變態眼鏡男？」孟承恩翻著手上這些照片。

「嗯嗯，這還是我冒著生命危險拍下的。」雨涵故意把事情講得很誇張。

「好啦，那我們拿這些照片進去問問，請戶政事務所的人員幫我們查查。」孟承恩抬頭看著雨涵。

嘎一聲，門推開。

等待叫完號後，兩人走到櫃檯前面坐下。

「請問有什麼事嗎？」戶政事務所的男性承辦人員，用睡不飽的黑眼圈看著兩人。

話不多說，孟承恩將一疊照片放在櫃檯桌上。

「這是？」承辦人員盯著這疊照片，但卻不明所以。

「是這樣的。」孟承恩一邊向承辦人員介紹雨涵，一邊解釋道：「我女朋友最近被一個陌生男子跟蹤，所以想請你們幫忙調查一下這個男子的身分。」

「什麼……我什麼時候變成你的女朋友了！」面紅耳赤的雨涵，忍不住在孟承恩的耳邊低聲抗議。

「唉唷，妳就先當我的一日女友嘛！這樣也比較好說服承辦人員替我們辦事啊。」孟承恩同樣用細到如蚊子飛行般的音量回應。

「你們在說什麼？」承辦人員疑惑地看著兩人。
「喔喔~沒事，麻煩您了！」孟承恩趕緊轉移話題。
只見承辦人員不發一語，低頭翻閱這些照片，不知道心裡頭在想什麼。
「請問是……怎麼了嗎？」孟承恩看著承辦人員。
直到過了一會，承辦人員才抬頭詢問兩人：「你們手上就只有這些資料嗎？」
「嗯。」聽承辦人員這麼問，雨涵和孟承恩同時捏了把冷汗，畢竟任誰也不想因為手上單薄的資料，被戶政事務所打槍。
「沒有其他的資料，例如姓名、年紀、居住地、學校……這些通通都沒有嗎？」承辦人員又問。
「呃……沒有。」
「那好吧。」承辦人員隨意翻了翻照片，回答：「如果只是單憑這幾張照片，就想要找到人的話，坦白說有一點難度……」
說到這裡，承辦人員又話鋒一轉，安慰兩人說：「不過也不是完全不可能，畢竟一般民眾的資料，我們這邊都有列冊，只是這些需要時間，而且也無法百分之百保證一定可以查到人，這邊我需先跟兩位告知一下這點。」
「沒關係，你們這邊就盡量幫忙，我們可以等。」孟承恩露出誠懇的表情。
「那好。」承辦人員從桌子底下掏出紙跟筆，「你們留一下你們的姓名以及聯絡電話，如果有進一步的消息，我們會打電話通知你們。」

「對了。」在留下聯繫資料的過程中，孟承恩對承辦人員補充一點，「如果你們調閱這附近居民的資料，一直都找不到這個人的話，那可以改試試南投的仁愛鄉附近，例如翠峰風景區周遭，那邊可能會有一些線索。」

「請問這推斷的依據是？」承辦人員露出茫然不解的表情。

想了想後，孟承恩撒了個謊，「因為我女友最早是在那附近遇到這個人的，總之……如果這附近找不到的話，就請那邊的戶政單位幫一下忙。」

聽到孟承恩話語中偷吃自己豆腐，雨涵忍不住又給對方一記白眼。

「嗯，喔，好吧。」收過資料，承辦人員懶散地把背靠在椅子上。

「記得，是南投翠峰風景區附近。」

「南投翠峰風景區。」

臨走前，孟承恩又不厭其煩重覆叮嚀了兩次，只是承辦人員沒有回話，不知是否是左耳進、右耳出。

向承辦人員道謝完，兩人一起離開了戶政事務所。

23

深夜警局的辦公室裡，菜鳥員警坐在位子上處理文件。

他的名字叫做沈書寰，這個名字是當初出生的時候，阿公靈光一閃給他取的。原本取這名字的用意，是希望他能夠好好讀書，將來長大當個大學教授。只是好景不常，就在沈書寰就讀國中的時候，家中因為遭逢變故而積欠一大筆債，在充滿經濟壓力的情況下，沈書寰放棄了未來想攻讀碩博士的人生規劃，轉而選擇報考較為穩定的警察專科。

而這一眨眼，好幾年過去了，自己也從未經世事的少年，變成了甫出社會的菜鳥警察。雖然一般社會大眾認知的警察，是個工時長又危險性高的工作，然而對沈書寰來說，這是一個穩定又能存得到錢的工作，透過每天不斷辛勤地工作，這些收入可以減輕家中的經濟負擔，然而也因為如此，他比一般人更在乎這份工作，所有小心翼翼、戒慎恐懼的態度，為的就是能把這個飯碗捧得更為牢固些。

前陣子遇到大學生社遊的那個怪案子，儘管後來已經遞交結案報告，然而這件怪案的種種怪事，依舊如同燒燙的烙鐵般，深刻地烙印在沈書寰的腦海裡，成了他揮之不去的記憶。

對於這件案子草率的處理方式，沈書寰帶有一股莫名的罪惡感，而更讓他精神受到打擊的是，身為相關人證之一的吳曉菁，居然在過沒多久之後，就得了不知名的怪病，病死了？

一切的巧合，又讓他回想起了謝宗翰離奇的死亡時間，以及對方離開停車場後，突然消失在監視器畫面的一連串怪事。

上述這些光怪陸離的事情，都是讓他最近心情感到煩躁的主要原因。

或許是克制不住那隱藏在心底的心魔，沈書寰又忍不住從抽屜裡面，拿出許多關於這個案子的資料。

翻閱了這些資料好一陣子，沈書寰從資料一角抽出一份文件，上面是其他相關人證的聯繫方式。

看著這份文件，沈書寰的心中浮現了新的想法。

24

新學期開始後，就如同當初計畫的那樣，雨涵搬離了校內宿舍，而那些原本住在二樓的學生們，則在校方的要求下，通通搬到了其他樓層或大樓。

就在開學的第一天，雨涵接到了一通陌生來電。

「喂。」雨涵邊接手機，邊以緩慢的步調走回校外的宿舍。

「妳好，請問是林雨涵小姐對嗎？」電話那頭傳來熟悉的嗓音，但她一時之間又想不起來這個人是誰。

「嗯，對。」雨涵單手用鑰匙開房門。

「妳之前有和吳曉菁來警局偵訊，我是當時那位比較年輕的員警，叫沈書寰。」

聽對方這麼說，雨涵開始努力回想這個人的樣貌，但無論再怎麼努力，也只能回憶起模糊的樣貌。

不過坦白說，諸如樣貌之類的記憶，這些倒是其次，讓她覺得最為怪異的地方是，為什麼明明有警局的電話可以用，對方非得要使用自己的私人手機呢？

按耐住心中的疑惑，雨涵沒有掛斷電話，而是選擇繼續和對方談下去。

「嗯，你好。」此時雨涵已經進到房間裡面，開燈坐在床鋪上。

「是這樣的，聽說吳曉菁在這個月已經去世了，請問這是真的嗎？」

被員警這麼一問，雨涵心又沉了下來，因為這讓她想起那些不愉快的事情。

「嗯，對，是真的。」

「了解。」停頓了幾秒，對方繼續說道：「其實是這樣子的，上次妳和吳曉菁來警局的時候，有些事情我們沒有跟妳說得很明白。」

聽對方這麼說，雨涵心中約略有了個底，畢竟自己不久前才剛去過妖怪研究室，聽到孟承恩對她解釋背後的真相。不過為了不讓對方感到突兀，雨涵還是先保持沉默，聽聽電話那頭的這個人想說些什麼。

「其實……」在深深吸吐了口氣後，對方才又緩緩說道：「根據法醫初步的判斷，謝宗翰的死亡時間是在去年的九月二十號，也就是你們社遊的當天。」

「喔。」為了配合員警的爆料，雨涵還假裝發出了訝異的語氣。

「另外，透過調閱停車場附近的監視器，我發現你們社遊下山當天，謝宗翰的行跡十分可疑。」吞嚥了幾下口水，沈書寰接著說下去：「的確，你們下車的時候，謝宗翰也跟著下車，這部分有監視器的畫面佐證，所以千真萬確，但我後續又有調閱同時間，附近的其他幾台監視器，結果發現謝宗翰的行走畫面是斷的！」

「斷的？」

「對。」說到這裡，沈書寰的語調逐漸上揚，「例如說，當他走到某個交叉路口的時候，身影還有被路邊的某個監視器拍到，然而當我以這個監視器為同心圓，調閱周遭其他幾台監視器，十分鐘內的所有畫面時，居然通通找不到謝宗翰的身影，彷彿他突然隱形了那樣！」

員警的這番話，讓雨涵想起了前陣子在妖怪研究室的時候，張教授對她說的，精魅除了能幻化成人形外，也可以偽裝成黑影或其他小動物。有些目睹精魅的人會疑惑，那些在山路上行走的精魅，可能上一秒還看得到，但下一秒突然就消失了，其實這未必是消失，而是可能以黑影或昆蟲的樣貌潛伏在周遭，但凡人的肉眼卻不容易分辨出來。

「不過……警察先生，你上面說的這兩點，好像跟你們當初的說法有出入欸。」雨涵盡可能用平靜的語氣繼續說下去，「如果我記得沒錯的話，之前見面的時候，你們說謝宗翰的女友，在十月中旬的時候還有跟他見過面。」

「嗯，對。」面對雨涵的質疑，電話那頭傳來尷尬的語氣。

「還有就是，那天社遊下山的時候，我跟謝宗翰坐在同一部車，下車的時候也一起下車，所以我能百分之百保證，當初下車的時候還有看到他。」

「對。」沈書寰一邊安撫，一邊回答：「我承認上面這一連串發生的事情，如果整體兜在一起，會變成一個難以用科學解釋的現象。」

「那所以您的看法是？」雨涵試著詢問對方。

「我想……」彷彿是經歷天人交戰般，沈書寰勉為其難地說出自己內心真正的看法，「這個案子背後的兇手，可能不是人，而是鬼神那樣的東西。」

就在沈書寰脫口而出這句話後，兩人沉默了好一陣子，直到沈書寰又再度開口。

「對於先前沒能告知妳們這些事，我感到很抱歉。」

「嗯。」

「真的很對不起。」電話那頭傳來員警再三的道歉。

「其實……我這邊也有一些事情想告訴你。」雨涵開口。

「什麼事呢？」

通話裡，雨涵將張教授那天的談話內容，以簡略的方式告訴對方。

「所以按照妳的說法，謝宗翰是被山精鬼魅之類的東西給殺死？」從口氣聽起來，對方似乎感到很震驚。

「對，他們是這樣判斷的。」

「那我明白了，雖然這一切真的很讓人難以置信。」停頓了幾秒，沈書寰主動告知雨涵自己的市話、手機等聯絡方式。

「如果之後妳有什麼事情需要幫忙，可以打這些電話聯絡我，我會竭盡所能地幫妳。」沈書寰的口氣，像是發自內心那樣誠懇。

「喔喔，好的。」雨涵細心地將這些聯絡資料抄寫下來。

「那就先這樣了，很抱歉打擾妳了。」

「沒關係的。」雨涵微笑。

嗶一聲，電話掛斷。

25

「哈囉，有件事情要跟你們聊一下。」

站在社辦門口的雨涵，看著走出來的阿坤跟蕭天天。

「怎麼了？」兩人一頭霧水。

「最近發生了一些事情，所以想說跟你們聊一下。」

「現在社辦只有我們兩個人，看妳要不要現在進來聊？」阿坤看著雨涵。

進門後，雨涵破題說出自己此行的目的。

「妳的意思是，自從上次社遊後，有隻山精隨著我們下山，而之後包大膽的失蹤，以及小青的病死，還有妳們在宿舍發生的一連串怪事，都是因為這隻山精作祟的關係？」聽完雨涵約略的敘述，阿坤及蕭天天盡是面色鐵青。

「對，如果按照那個教授的說法，整件事情應該是如此。」說到這裡，雨涵又緊張地詢問兩人，「那你們呢？最近有遇到什麼怪事嗎？」

「目前……暫時沒有。」想了想後，阿坤回應。

「我也是。」雖然口頭上這麼說，但蕭天天還是打了個冷顫。

「根據那個妖怪專家的說法，精魅害人主要有兩種，第一種是現身把人殺死，第二種是害人生病，直到最後病死。」

「所以包大膽是被殺死，而小青則是病死。」阿坤搔搔下巴，沉思起來。

「重點是，如果當初社遊的時候，包大膽在洞穴裡面就已經被殺死的話，那我們在下山之後看到的包大膽，通通都是精魅的化身。」雨涵再三強調這點。

「其實聽到這裡，最讓我感到意外的是，當初偵訊我們的警察，居然隱瞞我們這麼重要的祕密不說！」蕭天天面色鐵青，露出歇斯底里的樣子。

「我倒是覺得這不意外，畢竟警察有他們的立場，按照他們的立場，總不可能說些怪力亂神的東西來打臉自己吧。」阿坤說出他的看法。

「對了，你們現在還住在學校的宿舍嗎？」雨涵看著兩人。

阿坤跟蕭天天都搖頭。

「你們都在校外租屋？」雨涵不厭其煩再確認一次。

「對，怎麼了？」阿坤看著雨涵。

「根據那天張教授的說法，魑魅魍魎有一定程度的地域性，也就是說，如果它跟著我們下山，最後潛伏在學校女生宿舍的話，通常就只會在那附近出沒，不然就是回到原本的山上。」

「如果這是真的，那我就稍微放心一點了。」阿坤嘆了一聲，「我租的套房離學校蠻遠的，在山下。」

「我也是。」蕭天天露出鬆了口氣的表情。

「在搬離學校宿舍後，我這陣子是沒遇到什麼怪事，希望接下來可以平平安安的。」雨涵嘆了口氣。

「那原本的宿舍呢？」蕭天天追問，「之前廁所不是鬧鬼，後來怎麼了？」

「校方後來把廁所跟整個二樓通通都封起來了，聽說還請來道士作法，官方的理由是宿舍老舊需要整修，但其實真正的原因就是鬧鬼，所以需要暫時封閉一陣子以避風頭。」

「同棟的後來都沒發生什麼怪事嗎？」

「目前還沒聽說欸。」雨涵回應蕭天天的問題。

「欸，聽到這裡，你覺得那個怪物專家的可信度高嗎？」蕭天天看著阿坤。

「坦白說，我沒辦法百分之百肯定，不過這種事情還是寧可信其有比較好，畢竟小青都過世了。當初五個人的社遊，現在瞬間變成只剩三個人了。」阿坤無力地望著前方牆壁。

「少了兩個社員，好吧。」蕭天天清清喉嚨，「那我這邊可以正式預告，K大劇本創作社，即～將～倒～閉～」

「欸欸，不要烏鴉嘴啦！」阿坤制止蕭天天那張臭嘴巴。

「好啦，我只是緩和一下大家的情緒嘛！」蕭天天繼續發表自己的看法，「畢竟最近發生這麼多事情，大家壓力都太大了！」

「老實說，你會怕鬼嗎？」阿坤問蕭天天。

「怕！我當然怕！」口沫橫飛的蕭天天，邊說邊比出拳擊的姿勢，「不過如果真的遇到那隻山精的話，到時候我就先給它一記左勾拳，然後再轉身給它一記右勾拳……」

看著蕭天天毫無章法地模擬各種拳擊動作，就知道這人不定期的吃藥時間又到了。

「好啦，我只是把這陣子得到的資訊告訴你們，希望大家都能平平安安。」雨涵雙手合十。

「嗯，我最近也會去廟裡求個平安符。」

聽阿坤這麼說，雨涵把那天張教授所提到的各種避邪方式告訴兩人。

「八卦鏡、黑狗血、糯米、艾草水……」蕭天天用手指數著，「這些，感覺都不是一般人會帶在身上的東西欸！」

「呃……這麼說是沒錯。」雨涵臉上冒出三條線。

「我記得外面好像有在賣那種比較小的八卦鏡。」阿坤搔搔下巴，「一個五百塊有找。」

「那也幫我買一個。」蕭天天神情激動，「以後如果有看到怪怪的人的話，就拿八卦鏡往這人的身上照一照！」

「怪怪的人？」阿坤瞄了蕭天天一眼。

「嗯啊。」蕭天天看著阿坤，「幹嘛用那眼神看著我？」

「那不就是你嗎？」

「居然敢損我！」

氣急敗壞的蕭天天，在社團辦公室裡面跳上跳下。

26

春季晴朗的早晨，一台純白色休旅車駛進南投的翠峰風景區裡面。

雖然昨夜一整晚的絲絲細雨已經停歇，然而尚未完全蒸發的小水珠，依舊在翠綠色的嫩芽上，反射出閃耀的光芒。

山路沿途的車輛並不多，多數時候，整條車道加總起來不到三台車。

經過蜿蜒曲折的道路，這台純白色休旅車，最終停靠在一塊泥濘地上。

周遭原本寧靜的空氣，突然被砰地一聲給打斷，原來是車門打開了。

下車的，是妖怪研究室的創辦人，張天一。

他今日特地前來，便是為了研究這個精魅洞穴的奧祕。

在關上車門後，張教授走到後車廂，打開車廂拿出一堆探險用的工具。

持著手電筒與探險包，他走進了深不見底的洞穴裡面。

「疑，這是……」走進洞穴不到一分鐘，張教授蹲了下來。

這是散落一地的黃色封條。

事實上，這個洞穴前陣子才剛封閉禁止出入過，因為就如先前詢問時，菜鳥員警沈書寰所說的，警方根據方炫坤所提供的線索，前往翠峰風景區，並在這附近找到了他口中所說的洞穴，而也是透過那次搜查，警方發現了謝宗翰的遺體。

隨後有很長一段時間，為了保持命案現場證據的完整，整個洞穴都是呈現封閉的狀態，直到這個案子結案後，那些黃色封條才又撤下。

經過好一陣子的端詳，持著手電筒的張教授，邁開步伐繼續向前走去。

坦白說，這個洞穴不算小，高度至少是張教授的兩倍以上，而左右的寬度也至少有兩公尺這麼寬。

一個人孤身走在這樣規模的漆黑洞穴裡面，即便有手電筒光線的照耀，也掩蓋不了內心的恐懼跟緊張。

此行他隨身攜帶八卦鏡、符咒及艾草水等避邪小物，為的也是怕到時會有突發狀況產生。

「這個是……」走到更深處的一個定點，張教授停下腳步，他集中將手電筒的光線打在黯淡無光的洞穴岩壁上。

那是好幾條長條狀的刮痕，長度長達快三十公分，而寬度則直逼一公分這麼寬。

如果是登山小刀鑿開的岩壁，照理說不可能會有這麼整齊劃一的痕跡，況且以一般刀子的銳利程度來說，要鑿開這麼堅硬的岩壁，也不是一件簡單的事。

順著這些刮痕的方向，張教授移動手電筒的光線，頓時，密密麻麻的刮痕出現在他的視線裡。

「這就是……精魅的爪痕？」張教授提提眼鏡，露出認真的神色。

窸窸窣窣，他從包包裡面掏出預先準備的數位相機，在打開閃光燈功能後，開始在洞穴裡面瘋狂拍照。

之所以要將這些爪痕拍下來，為的就是保存證據，以便之後回到研究室時，能夠做出進一步的研究！

就在張教授像發了瘋般，對著洞穴岩壁猛拍的時候，突然一陣怪聲從耳邊傳來，循著聲音發出的方向判斷，這聲音來自於右前方的岩壁天花板處。

「誰？」將數位相機放在地上，張教授手上的手電筒光線，不自覺往右上方照去。

「是誰？」向前走了兩步路後，隱隱約約裡，他看到了手電筒光線聚集的地方，似乎有個東西正在蠕動。

磯磯磯磯——嘎嘎嘎嘎——

感覺是害怕手電筒強力的燈光，那東西突然離開原本棲息的岩壁天花板，正面朝張教授這裡飛撲過來！

「嗚啊！」被血盆大口嚇得連連倒退的張教授，從口袋裡面掏出八卦鏡避邪。

磯磯磯磯——嘎嘎嘎嘎——

飛過頭頂，那東西頭也不回地離開了。

呼～

原來是蝙蝠。

目送蝙蝠離去的身影，原本繃緊神經的張教授，此時終於好不容易鬆了口氣。

他用衣袖擦擦額頭上的汗。

27

「氣象局今天發布大雨特報，受到東北季風及華南雲雨區東移的影響，台北、新北、基隆地區有局部大雨發生……」

聽到收音機廣播所傳來的氣象預報，躺在床上的阿坤抬頭看了一下窗外的天氣，那天空灰濛濛的，一副就是等會兒即將要下大雨的樣子。

果不其然，約莫過了半個小時後，外面開始劈哩啪啦下起大雨來。

想到外面又濕又冷，他就懶散地躺在床上不想動。

就在自己準備進夢鄉的時候，門外突然傳來叩叩叩的敲門聲。

「誰？」起床的阿坤出聲詢問。

「我啦。」那是熟悉的聲音。

走到門邊，阿坤用防盜門的貓眼小孔看了一下門外，是房東九叔。

「請問有什麼事嗎？」阿坤隔著門詢問。

「收房租。」九叔在門外靦腆地笑了笑。

「喔喔，那等我一下喔。」說完，阿坤跑到書桌前面，打開抽屜數錢。

「一千、兩千、三千、四千、五千……」

數好錢後，拿著八千塊鈔票的阿坤，打算跑回大門找房東。

不過才走沒兩步，阿坤突然想起一件重要的事，他走到書桌底下的收納箱，拿出前幾天才剛買好的八卦鏡。

對，雖然上次見面時，雨涵說的那些超自然的東西，他還無法證實是否為真，不過寧可信其有，不可信其無，包大膽跟小青都接連去世了，自己最近還是小心一點為妙。

想到這裡，阿坤又不自覺地握緊手上的八卦鏡。

回到門口時，透過貓眼觀察，房東還笑笑地站在門外等候。

嘎一聲，大門打開。

「這是八張千元鈔，麻煩清點一下。」阿坤用雙手將錢遞給房東。

趁著房東低頭數鈔票的時候，阿坤迅速掏出放在口袋裡面的八卦鏡……

刷！

八卦鏡朝房東身上照去。

「你在幹嘛？」房東一頭霧水看著他。

「喔喔，沒事，我在模擬最近社團拍片的劇情。」搔著頭的阿坤，尷尬地哈哈哈笑了幾聲。

「哦，是鬼片嗎？」

「對啊……哈哈！」阿坤繼續尷尬地搔搔頭。

「好啦，錢我清點過了，沒問題。」房東對阿坤比了個ＯＫ的手勢，在簡單寒暄幾句後，便下樓離開了。

目送房東離開的身影，阿坤又緩緩將門關上並鎖好。

然而他沒注意到的是……就在大門還沒關上的空檔，一隻矯捷的蟑螂已經迅速爬進了房間裡面。

原本狂風暴雨的天氣，並沒有因為天色漸晚而停歇，反而隨著時間過去而變本加厲起來。

躺在床上睡覺的阿坤，本來好不容易擺脫翻來覆去睡不著的狀態，但就在自己半夢半醒間，他又被一陣怪聲給吵醒。

這次，聲音是從廁所那裡傳來的。

窸窸窣窣，對，就是這樣的聲音。

睡眼惺忪的阿坤，在戴好眼鏡後，起身往廁所的方向走去。

但走沒幾步，他又停下腳步來。

「該死，每次都忘記拿八卦鏡！」阿坤捶捶自己的腦袋瓜。

回到書桌翻找八卦鏡，手持八卦鏡的阿坤，小心翼翼地往廁所走去。

廁所的門是半掩著的，這跟他睡覺前的狀況一模一樣。

吞了幾下口水，阿坤咻地將廁所門打開，而裡面發生的事情，讓他嚇到心臟快彈了出來！

廁所地板上，遍布著一大片凌亂的衛生紙，這些並不是全新的衛生紙，而是已經用過的，上面盡沾滿了點點血漬。

摀著嘴巴的阿坤，完全無法相信眼前發生的情況是事實。

「啊！」

瞬間，阿坤明白了。

這些都是自己這幾天用過的衛生紙，長期飽受痔瘡困擾的他，因為排便完擦屁股的時候，乾燥粗糙的衛生紙會和長在肛門口附近的痔瘡摩擦，所以往往會留下一些血漬在衛生紙上。

換句話說，這些帶血的衛生紙，都是從馬桶旁邊的垃圾桶裡面翻找出來的！

然而自己沒有夢遊的習慣，所以他敢百分之百保證，這不是自己幹出來的事情，那如果不是自己幹的，在這個獨居的套房裡面，唯一的解釋便是……

他想起了雨涵前陣子在女宿廁所遇到的怪事，唯一的差別在於，女宿廁所裡面是女孩子的經血，而現在這些是自己每天因為不斷摩擦肛門而產生的痔瘡血！

想到自己的痔瘡血，可能被某些東西拿來不知道幹嘛，一股觸電般的寒意，從後背直竄上阿坤的頭頂。

將手上八卦鏡放在胸前十多公分的地方，阿坤一步步走進廁所裡面查看，然而廁所裡面除了散落一地的衛生紙外，並沒有看到其他可疑的人事物。

「疑，怎麼會這樣？」他皺起眉頭來。

就在阿坤轉身想回到臥房的時候，他從眼角餘光瞄到，前方的廁所天花板上，似乎潛伏著一個胖胖的人影……

刷！

一雙紅眼再度現身。

磯磯磯磯——嘎嘎嘎嘎——

「嗚啊！」

反應不及的阿坤，在發出一聲短暫的哀鳴後，全身已經被那個人影給壓制在地上。

28

「欸，戶政事務所回電給我了欸。」電話裡，孟承恩掩飾不住興奮的語氣。

「是喔，那他們說什麼？」剛洗完澡的雨涵，一邊拿吹風機吹頭髮，一邊用手機跟孟承恩通話。

「坦白說，我也不知道欸，他們說這件事情有點離奇，所以想當面跟我們說。」

「是喔，感覺內情不單純……」雨涵嘟起嘴巴。

「我也這麼覺得，可能有什麼驚天的祕密隱藏在裡面喔。」孟承恩笑了笑。

短暫沉默了幾秒，孟承恩問道：「要不要找個時間，我們一起去那裡看看？」

「可以啊。」雨涵臉頰微紅，「要約什麼時候？」

「明天下午一點，捷運石牌站一號出口見，這樣可以嗎？」

「嗯嗯，好啊。」

「其實我也有件事情要告訴妳，是關於精魅巢穴的事情。」

「什麼事？」

「明天再說吧。」孟承恩賣了個關子。
「嗯嗯，好。」
「那就先這樣囉，期待明天的見面。」
「嗯。」
電話掛斷。
午後，捷運站附近的咖啡廳裡，雨涵和孟承恩面對面坐著。
「所以你昨天說的那個精魅巢穴，到底是發生什麼事情啊？」雨涵看著孟承恩。
「等等還要去戶政事務所，所以我長話短說好了。」頓了頓，孟承恩繼續說下去：「簡單來說，我的指導教授，也就是妳那天在妖怪研究室看到的張教授，前陣子到你們當初社遊時遇到的那個山洞探看，結果在那裡發現了許多精魅留下的爪痕，一條一條的，十分詭異。」
「爪痕？」聽到孟承恩的話語，雨涵忍不住開始想像洞穴裡面佈滿爪痕的畫面。
「嗯。」吸了口咖啡，孟承恩又接著說下去：「這些爪痕呈現不規則的狀態，長度至少十公分，最長甚至可以達四、五十公分這麼長，至於寬度約有一公分這麼寬，但這只是平均寬度，實際最寬可以到快兩公分。」
「所以……這些是精魅的利爪留下的痕跡？」光想到精魅的利爪，居然可以留下這樣又長又粗的痕跡，雨涵就感到不寒而慄。
「沒錯，根據推估，可能是爪子，或是銳利的牙齒。」孟承恩表情嚴肅。

「嗯……」雨涵沉默不語起來，因為此時她心中所想的，盡是一些令人不安的畫面。

「不過，這件事情妳不要跟其他人說，任何人都是！」孟承恩告誡雨涵，「自從教授回來告訴我後，目前我只跟妳一個人說，所以這世上應該只有我們三個人知道。」

「妳、我、張教授。」

「幹嘛搞得神祕兮兮的。」雨涵白了孟承恩一眼。

「因為以台灣研究妖怪的領域來說，這是一個極少人探究，但具有極大潛力的區塊！」孟承恩瞳孔瞬間放大。

「什麼意思？」雨涵不解。

孟承恩壓低音量，小聲地說：「關於精魅的爪痕，我的指導教授認為，這可能跟人類的文字一樣，是一種表達情感的符號。」

「哦。」

「如果妳有修習一些文字學或語言學的課程，就會明白，人類最早期是先有語言，藉由語言來進行溝通，然而語言畢竟有其限度。在遙遠的古代，語言無法保存，也無法傳播到更遠的地方，為了彌補語言的不足，所以才有了文字。」

「就如同我之前跟妳說過的，神明可能也是外星人的一種，所以近幾年，張教授開始試著研究，我們民俗信仰裡面的那些魑魅魍魎，是否也和外星人一樣，有著屬於自己的語言或文字呢？」

在解釋這些東西的時候，孟承恩跟張教授一樣，眼睛都散發出閃亮的光芒，這讓雨涵想起了日本動漫裡面的那些科學狂人。

「嗯……好吧，或許你們覺得這些東西很有趣，但對我來說，我只想平平安安的，這樣就好了。」雨涵手托下巴。

「嗯，了解。」看雨涵似乎對這種事情不特別感興趣，孟承恩打住話題，轉而詢問：「那妳最近還好嗎？自從我們上次碰面後，周遭有發生什麼奇怪的事情嗎？」

「目前暫時是沒有。」雨涵低頭吸了口冰摩卡。

「那就好。」

「可是我還是覺得有點不安心。」雨涵嘟起嘴巴，「感覺未來還會有不好的事情發生。」

「哦？」孟承恩看著雨涵。

「我記得我好像沒跟你說過，小時候家人把我送到台南一位很有名的神婆那裡算命，神婆說我先天帶有一種特殊的體質。」

「特殊體質？」孟承恩一臉認真的樣子，「是指靈異體質嗎？」

「我想……應該是吧。」雨涵低頭望著透明的玻璃杯，「但這件事已經距離現在很多年了，我也無法確定當年神婆說的到底是什麼。」

「該不會……這才是精魅纏上妳的真正原因吧？」孟承恩猜測。

「應該不是吧。」雨涵反駁孟承恩的推論，「如果是因為這原因的話，那要怎麼解釋包大膽跟小青的死？」

「也是。」孟承恩又吸了口咖啡。

「對了，妳是台北人嗎？」突然，孟承恩抬頭問雨涵這個問題。

「不是欸，我是南部人。」

「喔喔。」

「那你呢？」雨涵反問對方。

「其實我是外星人。」孟承恩一本正經說幹話。

「不、好、笑。」雨涵吐槽回去。

「好啦，開一下玩笑而已嘛！」孟承恩趕緊笑笑地賠不是，「我是土生土長的台北人，除了出遊之外，幾乎沒離開過台北。」

「是喔。」

「那妳畢業後會繼續留在台北嗎？還是……」孟承恩追問。

「還不曉得欸。」雨涵呆呆地咬著吸管，「畢竟我現在才大二，畢業對我來說，是好長遠以後的事了。」

「如果……妳遇見了未來的另一半，那妳會考慮留下來嗎？」說這話的時候，孟承恩的表情很認真。

「應該會吧。」雨涵偷偷瞄了他一眼，「幹嘛突然這麼問？」

「沒事，隨便問問。」孟承恩用笑聲掩飾自己的緊張。

低頭看看手錶，孟承恩驚訝地叫出一聲，「啊，不知不覺半個小時都過去了。」

「現在幾點？」雨涵問道。

「快兩點了。」孟承恩抬頭和雨涵相互對視。

「我想我們該離開了。」雨涵加快速度，將手上的冰摩卡喝完。

「嗯，公家機關五點下班。」孟承恩也收拾包包。

整頓完畢，兩人一起步出了咖啡廳。

29

戶政事務所裡，雨涵和孟承恩在一般民眾之間穿梭而行，最終來到上次那個承辦的櫃檯。

一見到兩人，承辦人員閃過一絲怪異的神情，這讓他們覺得事有蹊蹺。

「您好。」承辦人員點頭向兩人致意。

「您好。」兩人分別找了個椅子坐下。

「這邊不太方便說，可能要到旁邊的會議室，請問你們ＯＫ嗎？」承辦人員看著兩人。

經過雨涵及孟承恩的同意，承辦人員帶他們來到旁邊的會議室。

就定位後，承辦人員把上次孟承恩給他的那幾張照片攤在桌子上，開門見山表示：「兩位上次是來詢問這個人的身分，對吧？」

「嗯。」雨涵和孟承恩都點頭。

「這陣子，我們花了不少時間找尋這個人的身分，但始終沒有下文，直到仁愛鄉那邊的戶政事務所傳來一些資料，我們才驚覺這世上，有些事情真的有離奇巧合的存在。」

「喔？」雨涵和孟承恩對視了一眼。

承辦人員從黃色信封袋裡面掏出一疊照片，並將這些照片通通平鋪在桌子上面。

「這是……」眼前這些照片，讓雨涵和孟承恩看傻了眼。

這疊照片裡面拍的，通通都是同一個人，而重點是這個人的長相，居然和旁邊那疊雨涵所拍下的變態眼鏡男照片不謀而合！

而且更加詭異的是，承辦人員所掏出的這疊照片，是一疊黑白照片，如果猜測得沒錯的話，這些照片距離現代可能已經有一段不短的時間。

還沒等兩人提問，承辦人員已經先一步解釋：「這是距今約七十年前，在仁愛鄉附近的一個失蹤人口，據說走失之前，他曾經和家裡的人說要到山上健行，結果就此一去不復返。」

「七十年前？」孟承恩稍微用腦計算出答案，「那不就是一九五〇年代？」

「差不多是這時間點。」承辦人員點頭。

所以果然就如眾人那天所推測，這人是已故之人，很可能是到山上健行的時候，碰到精魅，進而被精魅殺死。

想到這裡，雨涵和孟承恩若有所思地對視了一眼。

「雖然目前沒有百分之百的證據，可以證明這兩疊照片是同一人，但相信你們用肉眼觀察，這兩人外貌、身材及打扮的相似度極高，如果要說這世上有兩個相似度這麼高的人，那還不如說這人是時空旅人。」

「嗯。」雨涵目光集中在這些照片上面，但越看卻越覺得發毛。

「我知道對於兩位來說，這可能不是個很好的結果……但根據我們這陣子的調查，目前能找到的結果就是這樣，不知道這樣的結果，兩位可以接受嗎？」承辦人員看著兩人，露出有點尷尬的表情。

「嗯……沒關係。」雨涵以坦然接受的表情回應對方，「雖然這樣的結果有點離奇，不過我相信你們這邊已經盡了最大努力幫我們尋找，真的辛苦你們了。」

「沒這樣的事，我只怕你們看到這樣的結果，心裡會覺得有點疙瘩。」承辦人員看著兩人。

「嗯……坦白說，疙瘩是難免，關於這方面，我們還會尋求其他管道協助的。」

「嗯嗯，那我明白了，那就……就先祝福你們平安順利了。」

「好的，如果未來還有什麼新發現的話，再麻煩請通知我們，謝謝！」

兩人輪番向承辦人員道謝，隨後步出了戶政事務所。

離開戶政事務所時，外頭依舊晴空萬里。

沿途，兩人聊著剛才發生的那些事，還沒走到捷運站，雨涵包包裡面的手機又震動了起來。

一看來電顯示，打電話來的人是蕭天天。

「喂。」雨涵接起電話。

「出事了！出事了！出大事了！」儘管隔著電話，但雨涵依舊可以十分清楚地聽到，蕭天天在電話裡面盡情地鬼吼鬼叫。

「冷靜點，到底怎麼了？」眼見蕭天天反應非常激烈，雨涵忍不住皺起眉頭來。

「嗚啊～嗚啊～嗚啊～」若不是沒有開啟通話的攝像機功能，雨涵覺得她肯定能夠清楚地看到，蕭天天在電話另一頭跳上跳下的畫面。

「冷靜點，蕭天天！」雨涵拉高音量。

「屙～屙～屙～」電話那頭繼續傳來奇怪的聲音。

「蕭、天、天。」雨涵加重語氣。

「嗚啊……唏㔾……」

「蕭天天！」

「屙～哦～」蕭天天稍微冷靜了下來。

「到底怎麼了？」雨涵急忙追問。

電話那頭，隨即傳來蕭天天的顫抖聲，「阿坤死了！」他發出尖叫。

「什麼，阿坤死了？」瞬間，雨涵被這個結果給嚇到臉色發白。

「對。」蕭天天激動地繼續說下去，那講話的氣勢與力道，彷彿要將嘴巴的口水通通噴到手機上面似的，「最近因為社團的事情要跟他聯繫，但怎麼都聯繫不上，跑去住處也沒人回應，後來他房東請鎖匠開門，結果發現阿坤居然陳屍在廁所裡面，估計死亡時間已經快一個禮拜！」

「天啊……」雨涵倒抽一口冷氣。

「現在他的住處已經被封鎖線封鎖了，想進也進不去。」

「那警察有查到阿坤的死因嗎？」雨涵問。

「聽說是被銳利的東西給殺死，可能是刀子之類的東西，但妳應該也知道背後發生了什麼事情吧？」蕭天天打了個哆嗦。

「太可怕了，那你現在人在哪裡？」

「我人在宿舍附近的超商。」蕭天天回答。

「要約個時間見一下面嗎？」

「什麼時候？」

「今天晚上七點，可以嗎？」

「在哪裡見面？」

「我的宿舍。」

「地址在哪？」

雨涵將自己的詳細住址告訴蕭天天。

「好，那我等等騎車過去。」

30

晚上七點，雨涵住所。

雨涵、孟承恩、蕭天天，三人圍成一個三角形對談。

「我看我先介紹彼此給你們認識好了。」雨涵看著兩人。

「這位是蕭天天，他是我們學校裡面劇本創作社的副社長。」

「然後這位是孟承恩，他是我說的妖怪專家底下的研究生，對於一些妖怪方面的知識，也算是頗有研究。」

「你好。」

「你好。」

孟承恩和蕭天天握手致意。

經過簡單的自我介紹，雨涵直接切入正題，先講一下今天和孟承恩去戶政事務所發生的事。

蕭天天聽完後，看著桌上擺著的變態眼鏡男對比照，露出了歇斯底里的表情。

「所以你們今天就是去戶政事務所，然後得到了這個神奇的答案？」

「我倒覺得，你該看看公家機關的承辦人員，一本正經講一些本來應該是天方夜譚的神話，那樣的反差到底有多突兀。」想到今天發生的事情，雨涵還感到萬般無言。

「關於方炫坤的死，你可以多解釋一些嗎？」孟承恩看著蕭天天。

「我先說好，關於阿坤的屍體，我只看了幾眼而已。」蕭天天打了個哆嗦，「當時我和房東一起走進阿坤的房間裡面，一進去就聞到一股濃濃的屍臭味，臥房的部分沒有扭打的痕跡，日光燈、大燈雖然沒開，但天花板上的小燈，以及床邊兩盞白色的夜間照明燈還算堪用，然而再往裡面走去，一靠近廁所，馬上就聞到一股濃厚的血腥味。」

「廁所裡面有開燈嗎？」孟承恩詢問。

「沒有。」蕭天天回答，「廁所裡面沒有開燈，只依靠外面臥房的燈光照明。」

「你不覺得這有點怪怪的嗎？」孟承恩分析，「照理說，一般人進廁所的時候，應該會先開燈，然後再進去廁所裡面，對吧？」

「聽你這樣說，好像真的有點道理欸……」蕭天天和雨涵都認同孟承恩的說法。

「所以我可以大膽推測，在方炫坤進廁所之前，可能懷疑裡面有什麼東西，所以才用這種突襲的方式開門。」

聽孟承恩這麼說，其他兩人都露出異樣的表情，因為不需要特地解釋，眾人都知道潛伏在廁所裡面的，可能是什麼東西。

「那屍體的狀況呢？」雨涵打破沉默，「可以大概描述一下嗎？」

「為、什、麼、要、問、這、麼、詳、細。」氣急敗壞的蕭天天，忍不住在房間裡面跳腳。

「就想知道啊……」雨涵一副無可奈何的模樣。

「我可以直接跟你們說。」蕭天天回答，「屍體的狀況，非、常、的、糟。」

「多糟？」雨涵和孟承恩異口同聲詢問。

「整顆頭被扯了大半下來，只剩一條血肉模糊的長絲，和脖子保持著脆弱的連結。」原本還叫人不要問太詳細的蕭天天，一說起勁來，彷彿就像是司馬中原上身那樣地活靈活現。

「恐怖喔～恐怖到了極點喔～」

「那身體呢，身體的狀況如何？」孟承恩續問。

「那肚子就像是被非洲草原的食肉猛獸開腸剖肚般，整個呈現慘不忍睹的狀態，至於下半身更不遑多讓，別說屁股和大腿了，連雞雞跟蛋蛋都沒能留下來！」

被蕭天天這麼血淋淋地形容，雨涵和孟承恩頓時目瞪口呆，差點快說不出話來。

沒多久，孟承恩打破沉默，輕輕拍了一下自己的大腿。

「對了！」

「幹嘛？」其他兩人同時轉頭看他。

「有件重要的事情，剛剛居然沒想到！」孟承恩睜大眼睛。

「什麼事情？」其他兩人忍不住湊上前聆聽。

「方炫坤在自家廁所遭到殺害，照理來說，他的身上應該會留下兇手的指紋，對吧？」

「正常來說應該是這樣。」雨涵嘟著嘴巴。

「距離他被殺死還不到一個禮拜的時間，現在屍體在警方手上，我們應該跟警方建議，請他們檢驗殘留在方炫坤身上的指紋，或許能夠查到什麼關鍵的線索也說不定。」

「哦，聰明喔。」蕭天天睜大眼睛，那兩顆深褐色的瞳孔，在眼眶裡面靈活地咕嚕咕嚕轉。

「事不宜遲，給我警局的電話，我先打電話告知警方。」

在蕭天天提供電話號碼後，孟承恩以十萬火急的速度，打電話跟承辦的警局告知自己的想法。

「警察他們怎麼說？」孟承恩掛斷電話時，雨涵緊張地在旁詢問。

「他們說屍體還在檢驗，可能要過一陣子才會有答案，我請他們一有答案，就撥空回個電話給我。」孟承恩表情認真地回答。

彷彿心有靈犀般，三人同時看向擺在桌上的那兩疊變態眼鏡男的照片。

「其實……」雨涵心事重重地看著蒼白的牆壁，「有件事情我想不通。」

「什麼事？」兩人回望著她。

「如果像之前張教授所說，精魅有地域性的話，那照理說，我搬離了女生宿舍，那隻精魅就不會繼續跟著我，而是繼續糾纏女宿其他人，不是嗎？」

「照理來說，應該是這樣。」孟承恩擺出沉思的樣子。

「對，那就奇怪了，阿坤沒有住在學校宿舍，那為什麼阿坤會死？」雨涵一語突破盲腸。

「所有的糾纏，照理說在我搬離學校宿舍之後，就應該打住了，不是嗎？」她看著兩人，

「即便精魅還繼續待在學校裡面，但為什麼女宿其他人都沒發生什麼意外，就只有我們當初社遊的這幾個人陸續出事呢？」

「聽妳這麼說，好像也有道理欸……」蕭天天忍不住開始回想這一連串發生的事情。

「的確，就這種山中精怪的特性來說，這樣的行為不太尋常，也不太合理。」孟承恩皺起眉頭來，彷彿正在回想什麼事情。

「所以目前能想到的是……我覺得這隻精魅針對的是我們這群人。」雨涵看向蕭天天。

「你說的『我們』是指？」孟承恩提問。

「我跟蕭天天，正確來說，是我們當初社遊的這幾個人。」

聽雨涵這麼說，蕭天天又發出一連串歇斯底里的鬼叫。

「嗚啊……我被妖怪盯上了！嗚啊……」

「啊啊啊啊啊啊啊——」如果不是旁人勸阻，蕭天天肯定激動到要用頭殼撞牆。

「欸……我統整一下，當初社遊除了妳和蕭天天以外，其他三人都死了，這三人分別是謝宗翰、吳曉菁、方炫坤，這樣對吧？」不顧蕭天天在旁擾亂，孟承恩持續提問。

回應孟承恩的提問，雨涵點了點頭。

「如果說，精魅針對的是你們，那它背後的目的到底是什麼？」孟承恩將背靠在牆壁上，露出茫然無助的表情。

「這也是我現在最好奇的一點。」雨涵轉頭詢問孟承恩，「如果問你們家教授的話，他會知道答案嗎？」

「他是妖怪學專家，又不是靈媒。」

瞬間，孟承恩和雨涵默契十足地相互對視了一眼。

「靈媒！」

「幹嘛？怎麼了？」蕭天天一頭霧水，完全不知道旁邊這兩個人到底在做什麼。

31

麻豆，古時為平埔族原住民，西拉雅族麻豆社的聚落所在，而雨涵口中神婆的居處便位於此。

根據小時候的記憶，神婆的住所位於代天府附近一處地點隱蔽的四合院裡面。

在彎來拐去的田間小路迷航了快半個小時後，孟承恩開的車子終於找到雨涵口中那個隱蔽的四合院，並在四合院前面的空地緩緩停了下來。

「就是這裡，沒錯了吧？」孟承恩一邊放緩車速，一邊向雨涵做二次確認。

「嗯，應該就是這裡了沒錯。」雨涵看著車窗外頭的景色。

「我還是第一次來麻豆欸！」坐在車子後座的蕭天天，如同觀摩六福村野生動物園那樣地興奮。

「不過我們沒有事先和神婆照會，不知道等等會不會撲了個空？」此時車子已經靜止，所以孟承恩可以把雙手靠在方向盤上休息。

「坦白說，這我也沒辦法保證，畢竟只見過一次面，對於這裡其實不是很熟悉。」

「這是要收費的嗎？」孟承恩轉頭問雨涵。

「廢話。」

「喔，好吧，當我沒問。」孟承恩聳聳肩。

就在三人閒聊的時候，一封震動簡訊吸走了孟承恩的注意力。

「怎麼了？」眼見孟承恩表情有點古怪，坐在旁邊的雨涵出聲詢問。

「我老闆最近會出國一個月。」孟承恩的目光，依舊停在手機螢幕上不放。

「你說的老闆，是指你家教授嗎？」

「對，我們研究生通常稱呼自己的指導教授為老闆。」孟承恩莞爾一笑。

「喔，出國幹嘛？」雨涵嘟起嘴巴。

「出國考察，可能有什麼新的東西想研究吧。」對於自家老闆這樣的行程，孟承恩似乎感到習以為常。

「好吧，我只是一個單純的大學生，研究所那些生活我真的不懂。」

對於雨涵這些話語，孟承恩只是笑笑，並沒有正面回應。

「欸，你們看，那邊有一隻黑狗。」隔著玻璃車窗，蕭天天指著門前空地的牆角一處。

放眼望去，的確就如蕭天天所說，在紅磚瓦牆旁，有一隻黑狗用鐵鍊綁著，但那鐵鍊的長度超過一米，所以也沒辦法百分之百保證，黑狗不會突然衝出來朝三人攻擊。

「欸……感覺這樣子，等等下車的時候會很危險欸。」向來怕狗的雨涵，看著黑狗那雙兇惡的眼睛，忍不住害怕起來。

「別擔心啦，我對狗很有一套。」孟承恩拍拍胸脯保證。
「這你說的喔~」蕭天天搭腔，「那等等下車，我跟雨涵走外面，你夾在中間保護我們。」
「可以啊。」孟承恩露出不以為然的表情。
就這樣，其他兩人以孟承恩為擋箭牌的方式，下車往四合院的大門口走去。

汪汪！汪汪！汪汪！汪汪！汪汪！
汪汪！汪汪！汪汪！汪汪！汪汪！

果然一切如雨涵所預料，那隻黑狗以迅雷不及掩耳的速度衝向三人，在他們周圍瘋狂咆叫。
「嗚啊……嘎啊……」蕭天天被這隻黑狗嚇得差點魂不附體。
「你不是說你對狗很有一套的嗎！」整片空地充斥蕭天天的尖叫聲。
「皮皮！」一陣喝斥聲從屋內傳來。
「聽話，回去！」一名身著白色吊嘎、短褲、藍白拖的男子，從屋內走了出來。
嘎嗚~
這隻黑狗彷彿聽得懂人話般，在聽到幾句喝斥聲後，耳朵後貼、乖乖地回到原本棲息的牆角。
「請問你是？」三人看著站在門口的這個男子。
「我是這棟房子主人的後代，請問你們是？」這名看起來年約三十多歲的青年男子，以道地的台南腔反問。

「我們是從台北下來的。」雨涵解釋，「聽說這裡有位神婆很靈驗，我們有事想找她幫忙。」

「哦。」男子皺起眉頭來，「是哪方面的事？」

「我們遇到不乾淨的事情。」雨涵望著對方。

「喔。」男子眼神閃爍，彷彿是在迴避雨涵的目光，「我是她的孫子，可是我對鬼神這方面的事情，沒有什麼深入的研究。」

見到這名男子不太自然的反應，雨涵頓時覺得當中有什麼蹊蹺。

「沒關係，那你可以幫我們跟她說一聲嗎？我們需要她的幫忙。」雨涵說話的口氣很真摯。

起初男子還有點推託，但在三人的堅持下，眼見這些人不像是詐騙集團的樣子，男子先招呼他們進到客廳裡面。

就像是一般鄉村的紅磚瓦屋那樣，客廳裡面的擺設很樸素，除了一台大電視機外，就是一些沙發、桌椅、壁畫等家具或擺設。或許是因為房子的方位及角度的關係，雨涵總覺得即便是在開燈的情況下，最靠近門口的客廳，整體光線還是略顯黯淡。

坦白說，這是一種不太舒服的感覺，待在這樣的空間，有一股鬱鬱悶悶的情緒，不自覺地從心裡發出。

「我阿嬤年紀大了，這幾年多半臥病在床，很少跟外人見面。」男子看著三人。

「我們今天開了半天的車，就是為了見到她，因為我們最近真的遇到一些麻煩，所以……真的拜託你了！」孟承恩看著男子。

「嗯，好。」男子尷尬地微笑，「等等我進去房間裡面問一下我阿嬤，但願不願意見你們，還是取決於她個人的意願，我無法干涉，這點我必須先跟你們說明清楚，讓你們有些心理準備。」

「嗯嗯，那就麻煩你了。」雨涵先點頭向對方致謝。

說完，男子起身從客廳走進後面的長廊裡。

約莫過了五分鐘後，男子又回到客廳，找了沙發的一處坐下。

眼見對方的表情不太好看，雨涵心中浮現了不好的預感。

「這個……」男子露出了難以啟齒的表情，「要跟你們說一聲抱歉，我阿嬤說她不見外人。」

「這……請問是什麼原因呢？」雨涵心揪了一下。

「其實沒什麼特別的原因，就單純是不想見外人。」儘管男子溫和地看著三人，但在那溫和的表情背後，總讓人覺得藏有什麼不可告人的祕密。

「可是有個地方我不太明白。」孟承恩接話，「你阿嬤以前是個靈媒，對她來說，通靈就算是她的工作，那既然如此，又為何會拒人於千里之外呢？」

「因為她現在已經不當靈媒了。」男子回答。

「這是多久的事了啊？」孟承恩揚起眉毛。

「已經好幾年了。」

「嗯……」

兩人對話完，客廳突然陷入一片沉默。

「那你可以幫我轉告一件事嗎？」抱持著死馬當活馬醫的心態，雨涵向對方做出這個請求。

「什麼事呢？」男子看著雨涵。

「請你幫我轉告她，我是很久以前，在我還是小孩子的時候，曾經到過這裡給她算過命的人，當時她曾經說了一些話讓我印象很深刻，所以我希望能當面再跟她確認一下。」

「嗯……」

或許是被雨涵誠摯的表情打動，猶豫了一會兒，男子點頭答應了這個請求。

「那我就再幫妳問問吧。」

說完，男子又二度走進那個深邃黑暗的長廊裡面。

同樣過了約莫五分鐘，男子重新回到客廳，但跟上次不同的是，這次他站在三人面前，客氣地對雨涵表示：「剛剛我問了一下我阿嬤，她說妳可以進來。」

「等等。」如坐針氈的蕭天天，搶先一步詢問：「所以只有她能夠進去，我們兩個不行？」

「嗯，對。」男子面帶歉意看著蕭天天。

「喔～那好吧！」蕭天天翹起二郎腿，「我等～我願意等～我用力地等～」

「麻煩妳跟在我後面，我會帶妳去見她。」男子看著雨涵。

經由對方的引領，雨涵走進了狹長黑暗的走道裡面。

穿過四個房門緊閉的房間，男子在走廊最盡頭的那個房間停下腳步。

「這就是我阿嬤的臥房。」男子轉頭對雨涵說。

看著掛在房門口的骷髏項鍊，還有幾個不知道是以人還是動物毛髮為原料製成的吊飾，一股陰森森的感覺自雨涵心底油然而生。

「那我就不打擾妳們了，有什麼事，歡迎隨時回到客廳找我。」男子朗聲說道。

雨涵對男子點頭道謝，隨後她敲敲房門，走進了房間裡面。

畢竟來到陌生的地方，自己還是有點害怕，所以在走進房間的時候，雨涵並沒有把房門全部關上，而是保持半掩的狀態，以便真的出了什麼事情，可以隨時逃出門外求救。

房間裡面略顯潮濕，由於沒有窗戶，所以幾乎是密不透風的狀態，就連光線也僅靠天花板黃色的電燈泡來照明，整體散發出一種既詭譎又頹廢的氣息。

待在房間內的，只有一個感覺應該已經年過半百的老婦人，她沉默地坐在搖晃的藤椅上，不知道心裡面在想什麼事情。

因為這人背對門口、面向牆壁，所以無論再怎麼努力，雨涵都看不到她的長相，然而根據殘存的印象來判斷，這就是自己記憶中的神婆了吧，雨涵如此猜想著。

儘管聽到開門的聲音，這個老婦人只是微微側過頭來，並沒有做出任何的問話。

「哈囉……妳好？」雨涵小心翼翼地一步步走近。

然而，老婦人並沒有搭理雨涵，她依舊一語不發地面對著冰冷的牆壁。

搖晃的藤椅，在不到五坪的空間裡面，持續發出嘰嘰嘎嘎的聲響。

「請問……妳就是神婆嗎？」雨涵嘗試用台語和對方溝通，此時，兩人已經相距不到一公尺的距離。

「我是小時候曾經給妳算過命的女孩子，妳還記得我嗎？我叫林、雨、涵。」在說出自己姓名的時候，雨涵還特別加重了語氣。

可能是聽到了什麼關鍵字，對方終於打破沉默，說道：「妳是十二年前的秋天來我這裡算命，我還記得這件事。」

「嗯嗯。」眼見對方終於願意答話，雨涵露出欣慰的笑容，「那時候我跟我父母一起來這裡，妳跟我父母說，我天生帶有一種特殊的體質，這件事情我到現在都還印象深刻。」

聽雨涵這麼說，神婆身體微微顫了一下，不過她很快又恢復鎮定，反問雨涵：「那妳今天特地前來，是想問我什麼事？」

「我是想知道，您當年說的特殊體質，指的到底是什麼？」

在沉默了幾秒後，神婆緩緩回答：「妳很容易吸引鬼怪，也容易跟鬼怪溝通。」

「蛤？」對於神婆給的答案，雨涵一時之間無法會意過來，不過根據字面上的說法，這應該就是類似靈異體質的東西吧，雨涵猜想。

「妳今天特地來找我，想必不是單純為了這個問題，而是有發生其他一些事情，對吧？」說這話的時候，神婆依舊沒有轉身。

果然是台南當地有名的靈媒，儘管對方尚未開口提問細節，但卻一猜就中，這點讓雨涵不禁暗自佩服。

再一次地，雨涵將自己這陣子的遭遇，包含社遊上山、女宿怪事、小青病死，直到阿坤被殺，以長話短說的方式告訴對方。

聽完雨涵的敘述，神婆輕輕嘆了口氣。

「根據一些研究山精的人說，山精的出沒有地域性，照理說我搬離原本的宿舍，事情應該就會慢慢平息了，但目前看來並非如此。我們幾個當初社遊從山上回來的人，後來陸陸續續都遭到山精的糾纏，甚至殺害，所以我想知道這隻山精為什麼鎖定我們這幾個人，它背後的目的到底是什麼？」

沒有回答雨涵的話，神婆搖搖頭，淡淡地說：「我已經不當靈媒很多年了。」

「這我明白，但至少我想知道，山精糾纏我，是不是跟我的特殊體質有關係？但如果是這樣的話，為什麼小青、阿坤這些人也會死呢？」雨涵將自己想不透的地方告訴對方。

「我剛才已經說過，我不當靈媒了。」神婆又重覆了一次。

「請問您不當靈媒的原因是？」雨涵不死心地持續追問。

依舊沒有正面回答雨涵的問題，原本一直背對雨涵、面向牆壁的神婆，此時終於慢慢轉過身來……

就在神婆與自己面對面的瞬間，雨涵忍不住叫出聲來。

原因無他，因為這是一張腐爛不堪的臉孔，不只從額頭到嘴巴都佈滿坑坑疤疤，就連眼睛旁邊也長了一些或大或小、不規則的腫瘤。

「我這輩子洩漏太多天機，無形中干涉了太多因果，導致自己後半生遭受業力反噬，不只雙目失明，就連我親生的兩個兒女也因此而橫死街頭，這樣的原因妳明白了嗎？」神婆冷冷地瞪著雨涵，那顯露出來的表情，不知是充滿了後悔還是怨恨。

「真的很不好意思……」神婆這麼一說，雨涵突然變得面紅耳赤起來，「勾起了您不愉快的回憶。」

對於雨涵的道歉，神婆只輕輕地「嗯」了一聲回應。

「沒關係，那我再找別人幫忙好了。」說完，雨涵起身準備離開房間。

就在雨涵即將走到門邊的時候，神婆突然又把她叫住。

「等等。」

一頭霧水的雨涵忍不住回頭。

「妳是個善良的女孩。」神婆那早已瞎了的眼睛直直盯著她，看得雨涵突然有點渾身不自在起來。

「坐下吧。」神婆暗示自己手邊的小凳子。

「把妳的手給我。」遵循神婆的指示，坐在小凳子上的雨涵，遞出自己雪白的右手。

以類似面對面把脈的姿勢，神婆抓著雨涵的手，開始冥想起來。

「請問……這是要幹嘛呢？」雨涵忍不住提問。

「安靜！我在通鬼神。」閉著眼睛的神婆，只短短回答這句話。

既然對方都這麼說了，雨涵也只能坐在凳子上，安靜地等待結果的到來。

過程中，除了不斷聽到神婆的喃喃自語外，雨涵還覺得自己的身體開始發熱、盜汗，就好像得了流感那樣。同時，在閉著眼睛休息的時候，腦海裡也間歇性地閃過一些奇怪的影像。

過了約莫快十分鐘，原本一直低頭喃喃自語的神婆，此時終於停了下來。

彷彿正經歷過一場激烈的纏鬥，她一邊大口地喘著氣，一邊用衣袖擦擦自己臉上冒出來的汗。

「請問……結束了嗎？」雨涵小聲提問。

「冤孽！冤孽！」神婆口中不斷重覆這兩個字。

「冤孽？」

不待雨涵提問更多，神婆抬起頭來，說道：「很抱歉，這事我不能跟妳說上太多，只能請妳好好保重，因為這隻山精怨念很深，將來一定還會再找你們報仇！」

「請問妳說的『我們』，是指哪些人呢？」

「這就要請妳自己去找尋背後的答案了。」說到這裡，神婆又意味深長地吐出一句話：「萬法皆空，因果不空。」

「蛤？」

也顧不得雨涵明不明白這句話的意思，神婆拒絕再為雨涵的這件事情，提供任何的線索或資訊。

不死心的雨涵，又糾纏了神婆一陣子，但無論怎麼勸說，對方都不肯改變心意。

眼見對方態度堅決，雨涵也不好意思繼續糾纏對方，於是便拖著失望的步伐離開了神婆的房間。

32

「怎麼樣了?怎麼樣了?」

一回客廳，孟承恩和蕭天天便焦急地詢問，然而在聽完雨涵的回答後，兩人都露出失望的表情。

「什麼萬法皆空，因果不空，沒頭沒尾的，誰知道在講什麼啊。」蕭天天忍不住抱怨，「那現在搞成這樣，接下來要怎麼辦?」他看著兩人。

「先回台北再說吧。」雨涵露出疲倦的表情，「而且剛剛神婆有提到，她說這隻精魅怨念很深，將來一定還會再找我們報仇。」

「到底你們做了什麼事情，讓它產生這麼大的怨恨啊?」孟承恩搔著下巴。

「誰知道啊……」坦白說，雨涵現在只覺得自己很倒楣，就像在公園散步，卻突然被神經病拿刀砍一刀那樣地倒楣。

「那個……」清了清嗓門，神婆的孫子打斷三人的談話，「不好意思打斷你們，雖然不太明白發生了什麼事，只知道你們遇到了一些麻煩，不過看現在天色這麼晚了，建議要不要在這裡過個夜，等明天早上再走？」

「要嗎？」的確看了一下外面的天色，已經夜幕低垂，然而要在一個陌生的地方過夜，三人還是不禁猶豫了起來。

「這邊有神明的保佑，你們也睡得比較安穩些。」男子看著三人。

「我看就先在這裡休息吧，早上開車也比較安全。」孟承恩看著另外兩人。

經過短暫的考慮，雨涵和蕭天天也接受對方的提議，決定先在這裡過夜。

33

根據分配，雨涵獨自睡在最靠近神婆房間的那個客房，至於孟承恩、蕭天天、神婆祖孫兩人，則以一人一間的方式，分散睡在另外四個房間裡面。

可能是因為處在陌生的環境，雨涵一整晚翻來覆去難以成眠，直到午夜時分才逐漸昏昏睡去。

半夢半醒間，她聽到隔壁的房間傳來奇怪的聲響。

按照自己的印象，那個房間應該是孟承恩所睡的臥房。

揉了揉眼睛，雨涵開門往隔壁房間走去。

嘎一聲，孟承恩房間的門把轉開。

仔細一看，孟承恩背對門口，面向貼床的牆壁，低著頭不知道在幹嘛。

一方面怕吵醒其他正在熟睡的人，另一方面也是想知道孟承恩到底在做什麼，雨涵盡可能用最小的音量，一步步往孟承恩那裡靠近。

「孟承恩？」

「孟承恩？」

儘管雨涵多次輕聲呼喚，但孟承恩彷彿沒聽見般，依舊繼續低頭做著原本的事。

「孟承恩？」雨涵又喚了一聲。

隨著彼此之間的距離越來越近，雨涵越來越覺得他好像是狼吞虎嚥在吃著什麼東西。

很快地，雙方相距已經不到一公尺的距離。

即便雨涵已經來到孟承恩背後，但對方依舊渾然忘我，完全活在自己的世界裡面。

鼓起勇氣，雨涵拍了拍孟承恩精實的後背。

就在這個閃電般的瞬間……

刷！

孟承恩無預警地轉過身來，雨涵終於看清楚了——

滿嘴鮮血的孟承恩，雙手捧著一隻嗚咽快斷氣的黑狗，那隻黑狗的肚子被活生生掏開一個大洞，小腸、心、脾等內臟洩了滿手都是……然而彷彿還像吃不夠似的，面對雨涵的孟承恩，繼續瘋狂掏食黑狗的身體，從肚子裡面撕扯出的一條又細又長、血肉模糊的東西，可能就是黑狗的氣管。

雨涵被這個血腥的畫面嚇得目瞪口呆，她想起了抵達神婆住所時所發生的事。

莫非……孟承恩手上的這隻黑狗，就是當初在四合院空地，對著自己狂吠的皮皮？

就在雨涵被嚇傻的當下，原本吃得津津有味的孟承恩，突然抬頭面露詭異的笑容，並發出嘿嘿嘿的笑聲。

那個嘴臉、那個笑容，讓雨涵聯想起動物星球頻道裡面，非洲大草原的斑鬣狗……

「嗚啊！」

未等孟承恩繼續更多禽獸般的舉止，雨涵顧不得自己雙腿發軟，她拔腿想要衝回房門口，離開這個危險的房間！

「吼嘎——」或許是猜測到雨涵的意圖，張開血盆大口的孟承恩，在咆嘯一聲後，朝著雨涵直撲而來！

「門怎麼開不了……門怎麼開不了……」雨涵使勁地轉著門把，但門把就像是上了鎖般，怎麼轉也轉不動。

很快地，孟承恩已經來到她的背後，就在千鈞一髮的時候，門把突然轉開了。

在房門打開的瞬間，連想都不用想，雨涵大步邁前，奪門而出！

砰！

才步出房間沒幾步，雨涵在走廊迎面和一個龐大的身體相撞。

眼冒金星的雨涵跌倒在地上。

抬頭一看，眼前的這個人，居然是精魅化身的變態眼鏡男！

還來不及閃躲或做出任何反應，變態眼鏡男已經張牙舞爪朝自己撲了過來。

「嗚啊！」

雨涵咻地從床上彈起。

「雨涵！雨涵！」一陣拍門聲自門口傳來。

「妳還好嗎？」

回過神來，雨涵發現自己依舊待在原本的房間內，全身上下並沒有任何的傷口或異狀。

所以……剛才是夢？

眼見周遭一切正常，擦擦額頭上的汗，雨涵起身開門。

嘎一聲，門打開。

站在門外的是孟承恩、蕭天天，以及神婆的孫子。

「妳怎麼了？」一見到雨涵，孟承恩便緊張地詢問。

「沒事，剛才做了一個奇怪的夢。」一想到剛才那個血腥的惡夢，雨涵還心有餘悸。

「本來想叫妳起床，結果走到門邊的時候，剛好聽到妳在房間裡面喊叫。」孟承恩說。

「現在幾點了？」雨涵問道。

「現在才早上九點。」孟承恩低頭看著手錶。

「喔……原來。」搔了搔頭，雨涵又問：「那隻黑狗……我說皮皮，牠還好嗎？」

「什麼意思？」眾人一頭霧水。

「嗯……沒事，只是隨便問問。」雨涵咕噥著說。

「牠很好啊，吃好、睡好，妳要找牠玩嗎？」孟承恩打趣著說。

「我想……還是不用好了。」雨涵吞了吞口水。

「妳剛才說做了一個奇怪的夢，是什麼夢啊？感覺妳氣色不太好看。」孟承恩又再度發揮暖男的特質。

雨涵將自己剛才夢到的內容告訴對方，但僅提到皮皮的死，而沒有提到夢見孟承恩及變態眼鏡男的事。

「看來這是個……」孟承恩搔搔下巴，「我該說這是日有所思，夜有所夢嗎？」

「誰知道，我只覺得心裡有點不安。」雨涵眼神閃爍。

「妳壓力太大了。」孟承恩拍拍雨涵的肩膀。

「或許吧。」坦白說，想到剛才做的惡夢裡面，孟承恩那副猙獰的模樣，雨涵還心有餘悸，不過這自然不能跟對方說。

「好啦，妳看要不要先去盥洗、吃一下早餐，等等還要回台北呢。」孟承恩看著手錶。

待雨涵盥洗並用完膳，三人向神婆的孫子道謝，接著便收拾包包離開了神婆家。

離開前，雨涵還特地瞄了一下皮皮的狀況，的確就如孟承恩所言，一點異狀都沒有。

希望……這一切真的就只是個單純的惡夢，雨涵心裡如此想著。

34

日本，京都。

公車站牌外，一台公車緩緩駛離原本停靠的地方，待車輛排出的廢氣散去，留下的是一位頭髮半禿、身材中廣的中年男子。

張天一，一個以研究妖怪為職志的研究所教授，此次他遠渡重洋的目的，便是為了鑽研妖怪文字的奧祕。

由於行程緊湊，在環顧周遭環境沒多久後，張教授提著行李往桂坂公園的方向走去。

繞過熙來攘往的街道，張教授來到一處人煙稀少的寧靜社區。

這裡，是十分有名的妖怪研究中心所在地，也是許多妖怪研究者畢生一定要朝聖一次的學術殿堂。

緩緩步行約莫五分鐘，張教授終於停下腳步，此時矗立在他眼前的，是一棟禪寺外觀的建築物。

「就是這裡了。」張教授自言自語吐出這句話。

將手邊的背包扛在肩膀上，他大步向前邁進建築物裡面。

妖怪研究中心，308 機密檔案室。

經過數位晶片的感應，大門刷一聲打開。

雖說是機密檔案室，但裝潢等外觀和坊間一般的圖書館差不多，找了一處座位坐下，張教授開始在眾多書架間徘徊。半個小時後，他捧著一堆妖怪語言及文字的書籍回到座位。

座位上除了堆積成山的書籍與文獻外，還有他此行特地飄洋過海從台灣帶過來的珍貴照片。這些照片，是上次前往南投深山考察時，在精魅洞穴裡面所拍下的關於精魅爪痕的重要畫面。將這些照片平鋪在橫條木桌上，張教授翻開手邊的書籍，開始仔細地比對並閱讀起來。

接下來幾天，張教授幾乎廢寢忘食地待在機密檔案室，透過這段時間的研究，他總覺得精魅想透過這些爪痕傳遞什麼訊號，但卻始終無法窺知其中的奧祕。

事實上，隨著自己研究魑魅魍魎的文字日久，他發現這些文字是十分成熟的符號，甚至不輸給人類的文字，這讓他不得不佩服妖怪們的智慧。

對張教授來說，要解決眼前的困惑，唯有投入更多的時間及精力研究，才有可能抽絲剝繭、解開謎團，看見隱藏在背後的真相。

想到這裡，張教授為自己打氣，對於這個研究，他一定不會輕言放棄的！

35

在沒有塞車的情況下，雨涵一行人於傍晚順利抵達台北。

車子才剛下交流道沒多久，孟承恩手邊就傳來手機的震動聲。

低頭一看，是陌生的來電號碼。

「喂。」將車子停靠到路邊，孟承恩接起手機。

「您好，請問是孟承恩先生嗎？」電話那頭傳來陌生的嗓音。

「是，我是。」

「我們這裡是警察局，您先前有打電話來，請我們檢驗殘留在方炫坤身上的指紋，對嗎？」

「嗯嗯，對。」

「是這樣的，雖然我們這陣子有勘驗方炫坤的屍體，也的確有在他身上找到一些陌生的指紋，但根據我們目前手上有限的資料，並無法得知這個指紋為誰所有，這邊我們先跟您說一聲抱歉。」

「請問一下，針對七十年前的仁愛鄉居民，你們可以調閱得到他們的指紋紀錄嗎？」孟承恩詢問。

聽到這個問題，對方尷尬地笑了笑，「應該是沒有辦法喔，這年代太久遠了，那時候科技還沒有現在這麼發達。」

「喔，好吧。」

「嗯嗯，如果有什麼問題的話，再麻煩請回撥這支電話。」

「好的，謝謝。」

嗶一聲，電話掛斷。

「怎麼了？」雨涵和蕭天天詢問。

孟承恩將剛才的對話內容告訴他們，聽完後，兩人都露出失望的表情。

「不過也不意外啦，反正只是順便問問而已。」孟承恩靠在車子椅背上休息，「我覺得比較要擔心的是，如果神婆說的是真的，這隻精魅怨念很深、不願意放過你們，但神婆又不願意吐出精魅糾纏你們的原因，那接下來我們該找誰來幫忙呢？」

「嗯……說到這個，其實剛才在高速公路的時候，我有想到一個之前沒想到的事情欸。」雨涵看著擋風玻璃。

「什麼事？」其他兩人轉頭看著她。

「你們沒發現……到目前為止，精魅殺死的對象都是男的，小青是病死，而我暫時還倖存著。所以……這到底是個巧合，還是精魅下手有個邏輯或目的性呢？」

「搞不好……它在作弄我們？」蕭天天露出古怪的神情。

「誰知道，要想知道真相的話，最準確的方式就是去問那隻精魅。」孟承恩打趣著說。

「不、好、笑。」針對孟承恩不斷發揮冷笑話大師的功力，雨涵以白了他一眼做為回應。

「好啦好啦。」眼見雨涵生氣，孟承恩不自覺地緊張起來，他轉為認真的口氣回道：「其實妳的思考方向是對的，俗話說，解鈴還需繫鈴人，要化解這個劫數，一個很重要的關鍵是要先弄懂這個仇恨的前因後果。」

說到這裡，孟承恩又湊到兩人面前，試探性地詢問：「仔細想想，妳們真的沒做過什麼虧心事？」

「沒有好嘛！我可是善良的老百姓欸！」蕭天天跳腳。

「那妳呢？」孟承恩轉頭看著雨涵。

想了一會，雨涵搖頭回應。

「好吧，既然你們都想不出來，而我們也不能當面找精魅先生問個清楚，那就只能回到先前的老路了。」孟承恩斬釘截鐵做了結論。

「可是神婆都拒絕了。」蕭天天騷動不安地說著。

「感覺我們在鬼打牆。」雨涵有種快暈倒的感覺。

「神婆不幫我們問……我們自己問！」孟承恩認真地看著兩人。

「什麼意思？」

「妳們玩過碟仙嗎？」

「沒有。」雨涵搖頭。

「有聽過，但沒玩過。」蕭天天露出不安的表情。

「我小時候住的地方，附近有一大片墓仔埔，墓仔埔旁邊有間廢棄的小學，我想說我們約個時間，在那邊問碟仙事情的前因後果，這樣如何？」孟承恩看著兩人。

「嗯……是也可以啊。」雨涵同意。

「你要約什麼時候？」蕭天天問。

「你們應該都知道，雖然叫做碟『仙』，但其實這是一種尊稱，所謂的碟仙根本不是神仙，而多半是來自周遭的孤魂野鬼。」

「嗯嗯，所以？」蕭天天歪著頭。

「既然都說是孤魂野鬼了，當然要挑一個陰氣最盛的時候，我看明天剛好是月圓之時。以古人的觀點，月屬陰，所以月越圓，陰氣越重，而就時辰來說，三更陰氣更重，因此我們挑明天的三更玩碟仙，問問它整件事情到底是怎麼一回事。」

「如果碟仙也不願意幫忙呢？」雨涵嘟著嘴巴。

「到時候再來煩惱吧！」孟承恩回覆雨涵的問題。

「我們見面的時間跟地點是？」蕭天天問道。

「明天晚上九點，在辛亥捷運站出口碰面，集合完畢後，我再帶你們過去，至於要用的東西，我會事先先準備好，不用擔心。」

「喔喔。」

「如果沒什麼問題的話，我就繼續開車囉？」

眼見其他兩人都沒意見，孟承恩重新催動油門。

轟隆幾聲，車子繼續上路。

不到半個鐘頭，車子開到了蕭天天宿舍樓下，目送蕭天天上樓後，車子轉而往雨涵宿舍的方向駛去。

來到雨涵宿舍樓下時，孟承恩緩緩將車子停靠在路邊。

「那我就不送妳上去囉？」車內，孟承恩看著雨涵。

「怎麼了？」眼見雨涵欲言又止的模樣，孟承恩忍不住問道。

「其實……剛才沿途我沒有提到一件事。」雨涵望著前方。

「什麼事？」孟承恩溫和的嗓音傳來。

「皮皮被殺死的那個夢……我還有夢到你。」雨涵轉頭看著孟承恩。

「哦，夢到我？」孟承恩微晃著頭。

「對，其實殺死皮皮的那個人……是你。」

「喔。」儘管雨涵說話的語氣很勁爆，但出乎意料，孟承恩倒是沒露出什麼太訝異的表情，

「那只是個夢。」他輕描淡寫地說道。

「是沒錯……」

「怎麼，妳不相信我？」孟承恩真摯的表情，讓雨涵難以招架。

未待雨涵回答，孟承恩從車前座的置物槽裡面，拿出一面八卦鏡來。

就在車子裡面，他拿八卦鏡的正面照射自己的身體。

「妳看，不管怎麼照，我都是妳印象裡面的那個孟承恩。」看著八卦鏡，孟承恩做出各式各樣搞怪的表情。

「好啦。」雖然孟承恩常常很冷，但這次她真的被孟承恩認真搞笑的樣子給逗樂了，雨涵忍不住噗哧一聲笑了出來。

「那換我照妳，看妳是不是妖怪偽裝的。」一邊搔雨涵的癢，孟承恩一邊拿八卦鏡照射雨涵的身體。

在一陣嬉鬧過後，孟承恩深情地對雨涵說：「相信我，我會陪妳到最後。」

「是嗎？」看著孟承恩俊俏的臉龐，當下雨涵已經像許多暈了船的少女那樣，智商驟降至幼稚園的程度。

「如果……以後我們不確定眼前的對方是不是妖怪偽裝的話，我們就問對方一個通關密語。」孟承恩和雨涵雙目對視。

「什麼通關密語？」雨涵問。

低頭想了想，孟承恩回答：「愛像滿天星，數也數不清。」

「這什麼年代的梗？老人你給我走開~」雨涵哭笑不得。

「我是認真的啦。」孟承恩看著雨涵：「如果有人先問上半句，那另一個就要接下半句，這樣妳明白了嗎？」

「嗯嗯，好啦。」雨涵點頭答應。

對於孟承恩這個人，她覺得真是好氣又好笑。

36

晚上十點半。

辛亥捷運站出口碰面後，在孟承恩的引領下，三人來到他口中所說的廢棄小學，並在那裡找了間教室坐下。

想到剛才經過一大片墓仔埔，雨涵就忍不住打了個冷顫。

「妳們知道這裡以前是什麼地方嗎？」孟承恩轉頭看了看兩人。

「學校啊……」蕭天天回答。

「不是，我是說比學校更早之前，這裡是什麼地方？」

「刑場？」雨涵隨便亂猜。

「對。」孟承恩點點頭，「聽說這裡在日據時代，是專門處決犯人的刑場，而那些遭到處決的人當中，不乏一些被冤枉者、遭陷害者，所以怨氣極重。」

「聽起來就覺得好可怕……」雨涵渾身發毛。

「你們應該知道玩碟仙的禁忌吧？」孟承恩看著兩人。

「應該……知道……吧。」

「我看，我還是解釋一下好了。」見兩人的回答不是很肯定，孟承恩只好耐心地再重覆說明一次：「就像我昨天說的，碟仙通常是來自周遭的孤魂野鬼，所以首先第一個最大的禁忌是……」

「不要亂問碟仙關於它私人，喔不，應該說『私鬼』的問題。例如說，問碟仙是怎麼死的。」

「喔～」兩人露出恍然大悟的表情。

「當然，其他一些奇奇怪怪的問題也不要亂問，例如問碟仙要什麼東西之類的。」

「了解。」

「第二，不能中途落跑。也就是說，從碟子移動開始，每個人的手指都要定在碟子上面，不能任意離開，直到整個遊戲結束才可以。」

「嗯嗯。」

「那如果不小心手離開了呢，會發生什麼事？」蕭天天提問。

「以前就發生過類似的事情。」孟承恩解釋：「聽說當中的這些人，後來多數都發生意外慘死。」

聽到這番話，雨涵和蕭天天面面相覷。

「第三，對碟仙要心存尊敬的態度，絕不能有挑釁碟仙的言行舉止發生。」

「以上三點，你們明白了嗎？」孟承恩看著兩人。

「知道了。」兩人點頭。

「好，現在時間差不多了，我趕緊開始布置一下。」

說完，孟承恩起身動作。

經過幾分鐘簡單的布置，他轉身對其他兩人示意：「差不多了。」

「還真快～」

走到布置區觀察，只見桌上擺著一大張寫滿各式各樣文字的白紙，白紙中央放著一個反蓋的碟子，碟子底部畫著一條紅色向下的箭頭，箭頭頂端則指向白紙有字的地方。如果推測得沒錯的話，這個向下的紅色箭頭，應該就是問問題的時候，讓碟仙指字用的吧。

「記得，遊戲開始時，大家跟著我喊『碟仙碟仙請出來』，而遊戲結束時，大家也要跟著我喊『碟仙碟仙請歸位』，這樣你們聽懂了嗎？」遊戲開始前，孟承恩再三叮嚀。

聽到孟承恩的話，兩人點了點頭。

待所有人都就定位，孟承恩開始帶領眾人進行這場既危險又禁忌的遊戲。

「碟仙碟仙請出來～碟仙碟仙請出來～碟仙碟仙請出來～」

彷彿有個無形的力量在推著碟子般，只見原本在紙上靜止不動的碟子，經過三人不斷地複誦後，竟真的開始緩緩移動起來。

「真的……真的動起來了欸！」蕭天天的嘴巴尖得像是公雞的嘴。

「沉著、冷靜。」孟承恩在旁邊不忘提醒。

起初，碟子在寫滿字的紙上，漫無目的地亂繞著。

就在這時，孟承恩開始了第一個問題：「請問碟仙，最近是不是有隻山精一直糾纏我身邊的這兩個人？」

就像接收了指令的導航器那樣，原本在紙上亂繞圈的碟子，開始轉而直線型移動。

「是。」

看到這個答案，眾人臉色一沉。

隨後，孟承恩又繼續發問第二個問題：「請問碟仙，那隻山精現在就在這間教室裡面嗎？」

如同剛才那樣，碟子又開始直線型移動。

「沒。」

「有。」

碟底的紅色箭頭，分別在這兩個字上停頓。

見到這個情況，三人若有所思地對視了一眼。

「請問碟仙，這隻山精要我們怎樣？」蕭天天忍不住搶話。

碟子緩緩移動，最終落在一個字上面。

「死？」

就在所有人被嚇得面無血色的時候，碟子又開始瘋狂地轉圈圈。

「這是怎麼回事？」雨涵看著孟承恩。

「不確定，有可能是它不想回答，也有可能是在這張紙上，找不到它要的字。」

「那怎麼辦？」蕭天天露出歇斯底里的表情。

「請問碟仙，我身旁這兩位要怎麼做，這隻山精才肯放他們一馬？」沒回答蕭天天的話，孟承恩直接問了第四個問題。

事情並沒有想像中的那樣順利，碟子又開始瘋狂地轉起圈圈。

「這是怎麼回事？」雨涵脫口而出。

「感覺它不想回答，不然就是這隻山精無論如何都不肯放過你們。」孟承恩說出自己心中的猜測。

「我看我們趕快問下一個問題好了！」蕭天天鬼吼鬼叫。

感覺碟仙越來越焦躁，小小的淺碟在紙上瘋狂地來回摩擦，只差沒把整張紙都磨破。

情急之下，孟承恩拋出第五個問題，「請問碟仙，到底是什麼深仇大恨，讓這隻山精一直糾纏他們不放呢？」

原本瘋狂轉動的碟子，此時又緩降了下來，它以緩慢的速度，依序移到四個字上面。

「前……」

「世……」

「今……」

「生。」

「前世今生？」對視的當下，三人同時發出訝異的聲音。

「請問碟仙，可以解釋得再更詳細些嗎？」蕭天天追問。

前世今生、前世今生、前世今生、前世今生、前世今生。

前世今生、前世今生、前世今生、前世今生、前世今生。

前世今生、前世今生、前世今生、前世今生、前世今生。

像是程式語法裡面的迴圈那樣，碟仙在這四個字上面不斷地鬼打牆。

「碟仙，我想再問一下……」

「好了好了……我覺得今天先差不多這樣了。」孟承恩打斷蕭天天原本想問的問題。

「我要問！我要問！」蕭天天情緒激動。

「碟仙碟仙請歸位。」不顧蕭天天反對，孟承恩環顧周遭，輕聲催促道：「快跟著我喊！」

「碟仙碟仙請歸位。」

「碟仙碟仙請歸位。」

咚～咚～咚～咚～

說也奇怪，原本應該已經廢棄多年的校園，此時居然在午夜十二點發出了鐘聲。

忍著魔音穿腦的鐘聲，三人硬著頭皮繼續將手指壓在碟子上面。

「碟子怎麼還在轉？」蕭天天慌了手腳。

「冷靜。」孟承恩努力控場，「切記，手絕對不要離開碟子！」

「可是它不歸位啊……」蕭天天看著還在移動的碟子。

「等一下。」孟承恩回答，「先觀察個幾分鐘再說。」

不說還好，孟承恩一講完，本來就已經不願歸位的碟仙，此時又更激烈地迴轉了起來！

「啊啊啊啊啊啊啊！」廢棄的教室內，充斥著此起彼落的尖叫聲。

「啊啊啊啊啊啊啊！」

「啊啊啊啊啊啊啊！」

「怎麼辦？怎麼辦？怎麼辦？」蕭天天像是嗑了搖頭丸般，頭不停亂甩。

「冷靜！」危急當下，孟承恩仍繼續努力控場，「冷靜！」

「碟仙碟仙請歸位。」

「碟仙碟仙請歸位？」

「痾？」

「碟仙謝謝祢。」情急之中，雨涵脫口而出這句話。

咚。

說也奇怪，原本處於狂暴之中的碟仙，此時竟然緩和了下來。

只見碟子在紙上依依不捨地徘迴，直到又過了數十秒，碟子終於緩緩回到字紙的中央處，也就是最原本一開始的地方。

「這樣結束了嗎？」雨涵抬頭看著孟承恩。

「先等一下，再觀察看看。」孟承恩繼續觀察眼前的變化。

「嗯。」等待了十多秒，確認碟仙真的靜止，孟承恩告訴其他兩人可以縮手了。

「呼～剛才真是嚇死寶寶了！」結束後，蕭天天用袖子擦擦額頭上冒出來的冷汗。

「不過……剛才問了一堆，結果只問到前世今生這個答案。」手托著下巴的雨涵，眼神頓時迷茫了起來，「前世今生，這到底是怎麼一回事呢？」

「感覺這隻精魅是來找你們復仇的。」孟承恩看著兩人，「精魅的復仇。」

「我們上輩子到底造了什麼孽啊？」蕭天天尖叫。

「誰知道……」雨涵臉色蒼白。

「還是我們打鐵趁熱，再玩第二次？」蕭天天提議。

「不成。」孟承恩搖頭，「我曾經聽過一種說法，短時間內頻繁問碟仙一樣的問題，除了容易失準外，還可能影響參與者的精神及運勢。」

「那要怎麼辦？」蕭天天眼珠子快凸了出來，「我等不及了……我等不及了……啊啊啊啊啊……」他在廢棄陰暗的教室裡面瘋狂地抖腳。

「冷靜。」孟承恩用鎮定的口吻說道：「這件事情，我這幾天再好好地想想，這段時間，你們好好保護自己，記得隨身要攜帶一些避邪物品，這樣知道了嗎？」

聽孟承恩這麼說，兩人都露出無可奈何的表情。

37

比原先預計的時間還要來得快，當雨涵接到孟承恩來電的時候，距離玩碟仙那晚不過也才過了三天。

「喂，妳在哪？」電話那頭是熟悉的嗓音。

「我剛從學校回到宿舍，怎麼了？」

「我身邊一個朋友有認識一位蠻有名的催眠大師，我覺得這個人應該可以幫上我們的忙。」頓了頓後，孟承恩又繼續說：「那個催眠大師的居所位在新竹一處山區，詳細等等我傳個訊息給妳。」

「好的。」

說完，電話瞬間掛斷。

果然，過沒幾分鐘的時間，雨涵的手機收到一則來自孟承恩的訊息，上面有一串地址。經過簡單的編輯，雨涵將這則訊息的內容轉寄給蕭天天。

才剛轉寄完沒多久，雨涵又接到孟承恩的來電。

「喂。」
「喂。」
「妳剛剛有收到我傳的訊息了嗎?」
「嗯嗯，有。」
「那個就是催眠大師的地址，為了避免上次那種尷尬的狀況，這次我先請我朋友打了個照會。」
「那我們要什麼時候過去?」雨涵問。
「我跟催眠大師約了這個週末，請他待在居處等我們來，如果妳跟蕭天天都有空的話，我們就約這個週五下午四點在妳宿舍樓下集合，然後再一起開車過去。」
「所以你要開車過來?」
「嗯，對。」
「好，那我等等會把這個訊息傳給蕭天天知道。」說到這裡，雨涵忍不住發問，「對了，所謂的催眠，你可以簡單解釋一下它的作用嗎?」
「好吧，既然妳不是很清楚的話……我就解釋一下好了。」稍微清清嗓門，孟承恩耐心解釋：「簡單來說，催眠就是透過引導的方式，讓被催眠者進入睡眠狀態，藉由這樣的方式，讓被催眠者與自己心中的潛意識溝通，進而喚回前世的記憶，也就是所謂的『前世回溯』。」
「聽起來好像很厲害。」

「不過我其實對催眠這塊不是很熟，之所以會有這個機會，也是透過身邊朋友的介紹，如果是坊間一般人約的話，可能排半年都不見得排得到。」

「喔喔，了解。」

「那就麻煩妳再轉告蕭天天了喔，有什麼問題再跟我說。」

「嗯嗯，好。」想了想後，雨涵順勢問道：「對了，你老闆還沒回台灣嗎？」

「還沒，可能還要再一陣子吧。」孟承恩回答。

「喔，好吧。」

「怎麼了？」

「沒事。」

「那如果沒其他問題的話，就先這樣了喔。」

「嗯，好，掰掰。」

通話結束。

38

約定好後，就如孟承恩原本的計畫，三人於週五下午在雨涵宿舍樓下集合，經歷將近快三個小時的車程，眾人終於抵達催眠大師的居處。

下車時，雨涵抬頭看看外面的天色，傍晚的天空就像是染紅的畫布，色彩斑爛、層次分明。矗立在眼前等待他們的，是一座日本寺廟風格的建築物，這個建築物的周遭，有一大片綠林圍繞。更深入描述這個建築物外觀的話，寺廟屋頂為類似「硬山式」的設計，也就是最中央處有一條長條狀的正脊，側面則搭配四條垂脊，斜坡造型具有排水、遮陽的功能，至於支撐建築的門柱及樑架，則主要由木頭所構成，整體散發出一股寧靜、莊嚴的氣息。

拎著包包，三人走到居處門口，敲了敲木門。

短短十多秒的時間，大門應聲打開。

看著眼前這個開門的中年人，雨涵推測，他應該就是孟承恩口中那位遠近馳名的催眠大師了吧。

不過和原本想像的樣子有點不同，此人瘦瘦高高、戴著一副黑色細框眼鏡，下巴則留著小山羊鬍，然而讓人印象最深刻的是髮型，他兩側的頭髮通通剃光，光禿到可以看到頭皮的程度，只剩腦門最中間留有一撮雞冠狀的紅頭髮。

坦白說，與其說這個人像催眠大師，還倒不如說像電視上常常看到的那些藝人明星。

「你好。」帶頭的孟承恩先開口打了聲招呼。

「你好，請問你們是？」瞇著眼睛的中年人看著三人。

「我是之前有請阿翰跟您照會過的年輕人，我叫孟承恩，至於後面這兩位，就是被山精糾纏的人，林雨涵和蕭奕寰。」孟承恩用溫和的口氣解釋。

「你們好。」中年人打量雨涵和蕭天天。

兩人點頭回應對方。

「外面有點冷，先進來吧。」

在中年人的引領下，三人進入了屋內。

「他就是我說的催眠大師，宇文學。」走進屋子的空檔，孟承恩回頭對其他兩人說。

「哦～」兩人發出似懂非懂的聲音。

待三人都坐定位，孟承恩開始對催眠大師簡單覆誦事情的經過，以及此行前來的目的。

「所以你們想要知道前世今生到底代表什麼意思，對吧？」催眠大師雙手托著下巴。

「應該說，我們想要知道自己前世造了什麼孽？」雨涵將字句解釋得更為清楚些。

「你們以前有被催眠過嗎？」催眠大師看著三人。

被這麼一問，三人都同時搖頭。

「那我就稍微解釋一下等等要怎麼進行好了。」清了清喉嚨，催眠大師散發出威嚴、專業的氣勢。

「等等我會帶你們進去一個密閉的小房間裡面，這是催眠專用的小隔間。在催眠開始後，所有人都必須保持安靜，不只不能交談，連走動都最好避免。」

嚥了嚥口水，催眠大師繼續解釋：「催眠的過程其實牽涉到許多小細節，包含燈光的控制、音樂的撥放、話術的引導、鐘擺的使用……等等，因為這具體涉及到比較專業比較複雜的領域，所以我這邊就不多做解釋，你們大概知道等等會發生什麼事情即可。」

坦白說，在聽完催眠大師初步的講解後，雨涵依舊一知半解，不過反正等等催眠就要開始了，事前問一堆其實也沒太大意義。

「好，那所以等會兒誰要先進行催眠？」催眠大師看著三人。

「我想先讓雨涵進行好了，如果有什麼問題的話，到時候再來討論。」孟承恩表示，「坦白說，我跟這件事情沒有直接的關係，比較像是助拳人的角色，至於雨涵和蕭奕寰的前因後果應該是一樣的，如果雨涵這邊可以得到答案，那照理說也可以推到其他人上面，以上是我的想法。」

「你們有其他的意見嗎？」催眠大師轉頭看著雨涵和蕭天天。

「沒有。」兩人輪番搖頭。

「好，那你們跟我進來吧。」催眠大師起身，他帶領眾人走進房子內部更深處的角落。

沿途，雨涵打量周遭環境，她發現不只牆壁及天花板，就連地板也是由木頭跟疊蓆所構成，果然很有日本寺廟的味道。

經過一條封閉狹長的走道，催眠大師帶著三人走進一個房間，這個房間感覺有經過特別的裝潢及改建，儘管基底也是走日本和室風格，但內部多了許多迥異的設計，例如天花板的霓虹燈、放在桌上的音響、白色放映牆旁邊的星光投影燈等等，這讓原本看起來很像佛道教風格的建築，瞬間變得更像是個星座占卜教室。

或許……這些都是為了催眠工作而設計的吧，雨涵忍不住猜想。

將房門關上後，催眠大師先是走到牆壁旁邊，將原本比較斑斕的室內燈光，調成較為柔和的光線，接著他來到音響前面，將音樂轉成舒緩助眠的類型。

隨後，催眠大師找了一處靠後面牆壁的地板坐下，並抬頭對雨涵說：「麻煩請妳坐在我的對面。」

待雨涵也就定位，他從口袋裡面掏出一支細長、銀黑色的鋼筆。

「請妳專注看著筆尖。」催眠大師將鋼筆擺在雨涵面前。

聽從對方的指示，雨涵開始將注意力集中在鋼筆的筆尖上面。

過程中，催眠大師不斷說著一些感覺是為了讓雨涵能夠更為放鬆及進入睡眠狀態的話語，例如想像這支筆就像是艘航行在大海的船舶、妳正隨著這艘船舶航行到一片無邊無際的汪洋……等等，並要雨涵如果覺得累了，就閉上眼睛休息。

約莫過了十多分鐘，雨涵已經逐漸進入睡眠的狀態，催眠大師開始要她和自己的潛意識對話，藉由潛意識來喚回那些儲存在自己細胞裡面的前世記憶。

「告訴我，妳看到了什麼？」

「我看到了……有十多個人，這些人穿著古裝、留清朝的髮型。」閉著眼睛的雨涵回答。

「他們在幹什麼？」

「他們圍著一隻猴子，那猴子應該是母的，因為我看到牠的肚子隆起，可能裡面有著猴寶寶。」

「為什麼要圍著那隻母猴？」催眠大師問話的語調雖然柔和，但卻帶有無比的磁性。

「為了覓食，那隻母猴闖進了山民的果園及農地，破壞這些居民的心血。」

「那所以呢？」催眠大師追問，「接下來發生什麼事了？」

說到這裡，雨涵開始發出顫抖的語氣：「他們……他們輪姦了那隻母猴！在輪姦完並戲弄一陣子後，那些山民把母猴殺了！開腸剖肚，就連肚子裡面的猴崽也沒有放過！」

「哦，妳有看清楚這些山民的樣子嗎？」

「有我。」

「什麼？」

「包圍的這些山民裡面……我和小青在外面圍觀，最裡面則是一群身強力壯的男性，當中有許多熟悉的面孔，例如包大膽、阿坤、孟承恩、蕭天天、變態眼鏡男……就在光天化日下，這隻母猴活生生被凌虐至死！」

「什麼？」房間裡馬上傳來孟承恩的驚呼聲，「當初我只是想把妹，所以才隨便掰了個理由搭訕妳，怎麼搞到最後我也有一攤？」

「喔，沒事～」看到雨涵臉色一陣青一陣白，孟承恩趕緊識相地閉嘴。

「啊啊啊啊啊……怎麼會這樣？」雖然孟承恩閉上他的嘴巴，但蕭天天並沒有閒著，他一邊鬼吼鬼叫，一邊用歇斯底里的表情左顧右盼著。

「安靜！」催眠大師狠狠瞪了兩人一眼，示意他們安靜下來。

頓時，全場又恢復到安靜的狀態。

「繼續說下去。」催眠大師看著雨涵。

閉著眼睛的雨涵，又緩緩繼續說下去：「這些人將母猴凌虐至死後，他們將猴腦取出，並將母猴的屍體晾曬風乾，掛在聚落門前的空地示眾，就在那附近的樹林裡，我看到一隻公猴在樹上暴跳如雷地嘶叫著，不過無論再怎麼嘶吼，都改變不了母猴及胎兒死去的事實。」

「嗯嗯，所以那隻公猴，就是要找妳們報仇的山精，對吧？」催眠大師說出自己心中的推測。

雨涵沒有回話，她依舊雙目緊閉，不知道心裡面在想著什麼事情。當中，催眠大師多次誘導她說出更多自己前世的祕密，但這樣的目的並沒有達到。

約莫過了三分鐘左右，雨涵咻地睜開眼睛，結束了這次的催眠。

「結束了？」孟承恩和蕭天天面面相覷。

從催眠的狀態醒來後，雨涵繼續說出後續的發展：「經過百年的修煉，死去的公猴終於幻化成精，並一一找尋轉世投胎的山民索命！此時有個路過的道士見到精魅作祟，他犧牲自己的性命，作法將精魅鎮壓在深山洞穴裡，也就是我們社遊上山所撞見的那個洞穴。然而，就在七十年後，當我們這幾個投胎轉世的社員上山旅遊，因為仇恨值飆高所引爆的怒氣，衝破了道士所設下的八卦鏡結界，讓精魅解除封印並現身殺死包大膽。之後……就如我們後續所遇到的了。」

聽完雨涵的解釋，眾人露出既欽佩又訝異的表情，因為雨涵那文思泉湧的態勢，彷彿是有種無形的第六感，幫助她補完這段記憶似的。

「所以……這就是所謂的『前世今生』？」孟承恩的表情一臉屎樣，「因為我們前世殺了人，就要拿這輩子的命來還，那今生的我未免也太倒楣！」

「真的，連我都覺得今世的你們有點衰……」催眠大師露出衰小的表情。

「那大師，我們現在該怎麼辦？」雨涵看著催眠大師。

「坦白說，我的專長是催眠，不是降妖伏魔。」催眠大師表示，「透過催眠，幫助你們喚回前世的記憶，這就算達到我的職責範圍了，至於你們前世發生的恩恩怨怨要怎麼收尾，老實說這在我能幫助的範圍之外。」

「這是要見死不救的意思嗎……」孟承恩的表情像是踩到大便一樣難看。

「好吧，既然錢都收了，我就當多做件善事好了。」催眠大師抬頭看看掛在牆壁上面的吊鐘，「我看現在天色有點晚了，今晚你們先在我這裡過夜，等到明天下山，你們再找其他高人想辦法。」

「睡覺前，我會在居處外圍，東西南北共四個角落點上驅邪香，藉此保證直到天亮之前，邪物都無法隨意闖進這裡。至於睡覺的時候，你們一個人一個房間，半夜記得不要隨便亂跑，免得到時候發生意外。」

「那大師你呢？」孟承恩問道：「你也是睡在房間裡面嗎？」

「不，我今晚徹夜不眠。」催眠大師凝視前方，朗聲說道：「我會待在大廳舉辦送煞儀式，不過能否化解這個災厄，還是要看這隻山精本身的態度，以及你們累積的功德是否足夠抵消這個業障。」

「你可以直接跟這隻山精談判嗎，請它放過我們？」雨涵看著催眠大師。

針對雨涵的請求，催眠大師直截了當地搖頭回應，「我沒有這種本領，我只是個催眠大師。」

「好吧。」雨涵覺得心中剛升起的希望又瞬間破滅了。

「那就這樣了，今天沒什麼事的話，各位就早點休息吧！等明天天一亮，你們就開車下山，另請高明。」

聽催眠大師這麼說，眾人無奈地對視了一眼。

39

就如同在催眠的小房間裡面所說，催眠大師先到居處外圍設下結界，再回到房間帶三人依序前往各自所屬的房間，而他自己也的確遵守諾言，鎮守在入口的大廳誦念經文，希望藉此消弭眾人的災厄。

和居處大多數的地方相同，客房採和室風格，四面是木製的牆壁，地板上則鋪著一大片竹蓆，竹蓆上面有個涼蓆枕頭可以依靠。整個房間沒有通風的窗戶，對外只有兩扇由障子紙窗格所構成的木門，前面這扇打開是連結對外廊道，後面這扇則通往大廳的室內走廊。

儘管隔著牆壁，雨涵依稀能聽到外面傳來催眠大師念經的聲音，但那些經文的詳細內容，實際她也聽得不是很清楚。

還是改不了過去的壞毛病，身處在陌生環境的雨涵，整夜翻來覆去始終睡不著。

也不知道到底過了多久，就在自己終於快要慢慢睡著的時候，放在床邊的手機突然傳來震動聲。

打開手機螢幕，她發現這居然是來自員警沈書寰的來電。

「喂。」雨涵順手接起電話。

「喂！」電話那頭傳來急促的說話聲，「妳現在人在哪？」

「我人在新竹山區的一處居所。」

「妳怎麼沒事跑到那裡去？」

「我跟朋友去找一個催眠大師問事情。」

「告訴妳一個不好的消息。」

「什麼消息？」雨涵心沉了下來。

「蕭奕寰死了！」

「什麼？」雨涵的心像是被拳頭重擊那樣地震驚。

「今天下午，蕭奕寰的隔壁鄰居聽到奇怪的尖叫聲，晚上房東請鎖匠破門而入後，發現他倒在一片血泊裡面，估計死亡時間已經有數小時！」

「可是……」雨涵開始慌張起來，「他今天下午還跟我們集合，一起出發前往催眠大師居處的啊！」

對於雨涵的說法，沈書寰覺得難以置信。

「那……所以他現在人在妳的身邊？」連沈書寰都覺得自己講出一句完全不合科學邏輯的話。

「我們很早就休息了，一人一間房。」雨涵渾身發抖。

就在手機持續談話的同時，雨涵注意到原本從大廳間歇傳來的誦念經文聲，此時居然不知不覺忽然消失了！

取而代之的，是一陣窸窸窣窣的怪聲音，那種聲音感覺就好像半夜老鼠在咬麻布袋的聲響。

幾經猶豫後，滿腹疑問的雨涵決定起身查看。

為了保險起見，在離開房間前，她不忘隨身攜帶一些避邪物品。

打開那扇通往大廳的木門，循著聲音，雨涵一步步往大廳的方向走去。

行進的過程中，她手上依舊拿著手機。

「可以給我詳細的地址嗎？」電話裡，沈書寰焦急地不停詢問。

畢竟這裡位處郊區，附近沒有什麼顯著的地標，所以溝通起來有點困難，但雨涵依舊試著將催眠大師的居處位置講得更清楚些。

兩人對話的過程中，很快地，雨涵已經來到大廳入口，就在這個當下，她看到了一幅讓人無比震驚的畫面——

一個紅色雞冠頭髮型的中年男子，倒在血泊裡面不斷抽搐著身體，他的兩眼發直、雙手不停地顫抖，整體看起來就像是個中風的老人，而抱著這個人的身體不斷啃食的，則是青面獠牙的蕭天天。

想必，遇害的這個人，便是催眠大師宇文學，而殺他的，則是由精魅所化成的蕭天天！

再仔細觀察，催眠大師的脖子被割開好長一道傷口，一坨坨血肉模糊的東西從這個裂開的傷口滲透出來，如果推測沒錯的話，感覺這是催眠大師被割斷的聲帶。

坦白說，眼前的畫面像極了動物星球頻道裡面會看到的內容，一種草食動物被肉食動物獵殺的殘酷。

「喂喂喂，妳聽得到我的聲音嗎？」電話那頭依舊響著沈書寰說話的聲音。

「喂喂喂？」

「喂喂喂？」

因為眼前的畫面太過震撼，雨涵不自覺地手軟了起來。

原本緊握在手上的手機，此時鬆手墜落到地面，一陣清脆的聲響傳來，脆弱的機身瞬間解體。

可想而知，沈書寰不斷發出的說話聲，當下馬上消失地無聲無息了。

或許是察覺到了有人走進大廳裡面，「這個蕭天天」抬起頭來，頓時，雨涵和它雙目對視。

嘎嘎啊啊啊啊啊——

砰一聲轟天巨響，「蕭天天」撞破大廳其中一扇由障子紙窗格所構成的窗戶，逃到了催眠大師的居處外頭。

順著那個撞開的大洞往外頭瞧去，外面的空地上早已不見「蕭天天」的蹤影。

手足無措的雨涵，想起了剛剛睡覺之前，催眠大師曾經說過，孟承恩的房間位在大廳西側，而自己的房間則是位於大廳東側。也就是說，兩人的房間分別位於大廳的兩個端點，現在必須經過大廳走廊才能前往找尋孟承恩。

雖然離開大廳，面對的是未知的場景，但留在這裡單獨面對精魅，似乎也沒好到哪裡去，所以幾經評估下，儘管心中害怕無比，雨涵最終仍鼓起勇氣穿過大廳，往建築物的另一頭跑去。

離開大廳後，面臨的是一條非常狹長的屋內廊道，原本平凡無奇的和室廊道，在黑暗與恐懼的襯托下，此時竟變得像是鬧鬼的辛亥隧道那般驚悚。

就在雨涵歷經混亂的奔跑與尋找時，一陣熟悉的低聲呼喚讓她停下了腳步。

「雨涵？」那是孟承恩的聲音。

透過眼角餘光，雨涵瞄到左手邊的某個房間裡面，似乎有個長得很像孟承恩那樣，瘦瘦高高的身影！

不過，因為木門半開半關，再加上房間裡面沒開燈的關係，雨涵並沒有把對方的樣子看得很清楚。

「孟承恩？」深怕驚動到精魅的注意，雨涵只能用低於五十分貝，跟敲打電腦鍵盤差不多的音量呼喚對方。

「孟承恩？」抱持著忐忑不安的心情，雨涵緩步走進房間裡面。

隨著對方往自己的方向靠近，藉由走廊小燈昏暗光線的照耀，雨涵逐漸看清楚了這個人的樣貌。

的確，這個人是孟承恩沒錯！

臉色蒼白的他逐步靠近，那躡手躡腳的姿態，想必也是和雨涵有同樣的顧慮。

「發生什麼事了？」孟承恩面色鐵青地問道：「我原本在房間裡面熟睡，睡到一半，突然聽到大廳那邊傳來窗戶爆裂的聲音，所以才驚醒過來。」

「剛剛我在大廳……」想到剛才那幕驚悚的畫面，雨涵強忍的淚水就忍不住奪眶而出。

「催眠大師被殺了！」雨涵顫抖著說，「就在大廳裡面，那隻精魅不只吃著催眠大師的身體，還把他的聲帶給割掉，並在看到我之後，破窗逃到外面去。」

「那它有傷著妳嗎？」孟承恩一步步走近。

「沒有。」雨涵搖搖頭。

「那就好。」孟承恩稍稍鬆了口氣。

「這地方太危險了，我看東西也不要收了，車子停在外面，我們趕快下山！」從孟承恩說話的語氣，可以感覺得出他的內心充滿了焦急。

「嗯。」雨涵點了點頭。

就在兩人相距不到三十公分距離的時候，外面的走廊突然又傳來一陣急促的腳步聲，瞬間熟悉的嗓音自雨涵耳邊響起。

「雨涵！」

雨涵轉頭一看，有個人氣喘呼呼站在走廊與房門的交界處，而那人竟也是孟承恩！

所以……在房間裡面和自己面對面的這個人，是孟承恩，而從房外走廊冒出來的那個人，也是孟承恩。

這世上有兩個孟承恩！

到底誰是真？誰是假？

頓時，雨涵覺得自己錯亂了起來。

「雨涵，離他遠一點！」房間裡面的孟承恩先是看著雨涵，再轉頭看向站在門外的那個孟承恩。

「妳不要相信他說的話！他才是假的，我是真的！」另一個孟承恩回辯。

就在兩個孟承恩隔空交戰的當下，原本站在走廊與房門交界處的那個孟承恩，已經緩步走進了房間裡面。

雨涵、孟承恩甲、孟承恩乙，三人呈現微妙的三角形態勢，然而除了雨涵站著不動外，其他兩人都一步步往自己身上靠近。

隨著情勢越來越危急，雨涵知道自己要趕快做出判斷，否則的話，那個假的孟承恩隨時會對自己，甚至是對那個真的孟承恩發動攻擊。

然而，雨涵先看了第一個孟承恩幾秒，再轉頭看看第二個孟承恩幾秒，初步觀察下來，這兩個人從頭到腳根本就長得一模一樣啊！

就在雨涵覺得頭痛不已的時候，突然間靈光一閃，她想起了當初從台南的神婆家回來的時候，與孟承恩約定好的通關密語。

想到這裡，雨涵馬上脫口而出：「愛像滿天星！」

被這麼一說，原本待在房間裡面的這個孟承恩，竟像是被雷擊般愣在原地。

相反地，剛才從走廊進來的那個孟承恩，不假思索地回答：「數也數不清。」

瞬間，雨涵用驚恐的表情，轉頭看著原本待在房間裡面的孟承恩，或許是意識到自己穿幫後無法再繼續掩飾，這個孟承恩突然變得凶神惡煞、齜牙咧嘴起來。此外，他的容貌也開始產生變化，除了青面獠牙外，皮膚也變成慘白的銀灰色。

嘰嘰嘰嘰嘰嘰嘰──嘎嘎嘎嘎嘎嘎──

假的孟承恩，發出了異於常人的叫聲。

趁著對方還沒逃脫，雨涵打開隨身攜帶的瓶子，那裡面裝有加持過的符水。以精準的態勢，一道符水潑灑在精魅化成的孟承恩身上。

嘶啊啊啊啊啊……

淒厲的慘叫聲發出，精魅化身的孟承恩就像是攤在大太陽底下的冰淇淋那樣，開始融化、解體。

眼見符水讓精魅受創，雨涵趕緊趁勝追擊，又灑了更多符水在精魅身上，而這樣的作法也持續奏效，對方發出了垂死的哀鳴。

很快地，身體不斷溶解的精魅，最終化成了一灘濁臭的黑水。

抱持著驚恐的心情，雨涵和孟承恩緩緩走到這灘黑水前面，觀察黑水的變化。

只見黑水不斷揮發成黑色的煙霧，不到幾分鐘的時間，這些黑色煙霧就通通消失殆盡了。

「我們……殺了精魅？」雨涵和孟承恩雙目對視。

眼見自己親手消滅了精魅，熱淚盈眶的兩人，再也壓抑不住內心的激動，當下便在房間裡面擁抱起來。

光陰似箭，六年的時間迅速飛逝。

四面不帶窗戶的白色牆壁，將小小的研究室書房包得密不透風。

埋首在滿山滿谷書籍及文獻裡面的，是妖怪研究室的負責人，張天一。

儘管房間天花板有盞日光大燈，但張天一仍戒不掉以往的壞習慣，他只打開書桌一隅的那盞小燈，因為這樣略顯昏暗的環境，能讓自己的情緒更為平靜，思緒也更加集中。

掛在前面上方牆壁的壁鐘，此時指針位置顯示為凌晨三點鐘。自從自己研究這個個案開始，至今已經六年了，這些年來，他已經不知是第幾次在這樣的時間點，為了解讀精魅爪痕的文字而絞盡腦汁。

研究過程的不順利，有時的確是讓人感到疲憊且挫折。

然而，屢屢受挫的進度，並沒有撲滅張天一研究妖怪文字的熱情。

面對藐不可測的未知事物，他就像是個不屈不撓的探險家，一會兒奮筆疾書、一會兒比對文獻、一會兒拿著放大鏡檢視照片……片刻都不得閒。

抓著這些年因為用腦過度而源源不絕冒出來的白頭髮，張天一的躁鬱症突然又發作了起來。「啊啊啊啊啊啊啊啊啊！」想到激動之處，他用自己那顆地中海禿頭，瘋狂地撞擊牆壁。在連續十多下頭錘的發洩過後，面目猙獰的張天一終於冷靜了下來。

回想這段時間的研究進度，張天一覺得自己不該如此激動，畢竟雖然洞穴裡面的爪痕尚未完全解密，但有一部分的文字已經透過長期的研究而取得了些進展。

至少到目前為止，張天一知道洞穴裡面這些密密麻麻的爪痕，主要集中在傳遞兩個訊號，第一個訊號是跟復仇的意念有關，這他可以理解，然而第二個訊號，他依舊尚未釐清，只知道這似乎和精魅想表達的另一個意圖有關。

這不禁讓張天一好奇……除了復仇以外，這隻精魅到底還想要做什麼呢？

研究妖怪研究到幾近痴狂的張天一，真的巴不得一天有四十八個小時可以用。想到這裡，他又焦慮不安地狂搔頭頂那團越來越稀疏的頭髮。

41

自從那晚和孟承恩消滅精魅，雨涵又恢復到過往安穩平靜的生活，不只自己，就連當初身邊的人也是，包含孟承恩、日文系三姝等等，都平平安安的，並沒有再發生什麼怪事。

大學畢業後，雨涵並沒有選擇繼續升學，而是直接步入職場。她在台北一間中型貿易公司擔任行政專員的工作，雖然薪水不到很高，但至少還算穩定，只要不亂花錢的話，日子倒也過得下去。

至於孟承恩，在陪伴雨涵經歷一連串驚心動魄的冒險後，最終也將這些精魅的「田野調查」轉化成寫作的靈感，並依此完成碩士班研究論文，順利從研究所畢業。

畢業後，孟承恩先是服了一年常備兵，接著同樣步入職場，在張教授的引薦下，順利進到一間地方博物館任職，擔任管理員的職位。

這些年，兩人感情持續升溫，從原本的曖昧、約會，到後來更進一步發展成了情侶的關係。一般情侶會做的那些事，他們也都做了，例如牽手、接吻，還有……還有那件想起來會讓人臉紅心跳的事情。

隨著雙方工作都慢慢穩定下來，對於雨涵來說，下個階段就是和孟承恩討論同居及結婚的事情了吧！畢竟對於一個已經出社會的女孩子來說，即便是愛情長跑，最終也還是希望能迎來遠方的曙光，而不是永遠卡在這樣不上不下的關係一輩子。

然而讓雨涵失望的是，當自己提出同居及結婚的事情時，孟承恩雖然表面上口頭答應，但實際作為卻拖拖拉拉，不肯給出明確的進度表。

在這樣已經過了熱戀的暈船期，情感方面逐漸轉為理性模式的時候，孟承恩對於同居及結婚之事的閃躲，著實讓雨涵的心中產生了一些疙瘩，雖然彼此之間並沒有因為這件事情產生嚴重的吵架或衝突，但雨涵總覺得從那時候開始，兩人的互動少了以前那種親暱跟契合。

要說這是一種心結嗎？或許是吧。

時間久了，雨涵不禁開始懷疑孟承恩是否變心，起初剛認識的那個孟承恩，在歷經歲月及社會的洗禮後，是否還是當初的那副模樣呢？

這樣的矛盾，讓她和孟承恩的關係不進反退，變得疏離了起來，兩人從原本三天兩頭見面的頻率，慢慢下降到一個月兩三次，到後來甚至可能連一次都沒有。

這段時間裡，雖然孟承恩斷斷續續有釋出想挽回這段感情的態度，然而從那鐵打不動的進度來看，雨涵更加深信自己的猜測是正確的。

頓時，在分手與維持現狀之間，她陷入了天人交戰。

這天，雨涵在公司上班的時候，突然覺得沒來由地一陣頭暈、噁心、想吐。

原本還想撐著等下班再說的雨涵，因為身體實在不是很舒服，因此最終在同事開車協助下，到公司附近的醫院掛門診。

「小姐，恭喜妳。」原本坐在椅子上盯著電腦螢幕的醫生，轉身笑咪咪地看著雨涵。

「請問是……發生什麼事情了嗎？」對醫生的反應，雨涵感到十分不解。

「妳有身孕了！」眼見雨涵一頭霧水的樣子，醫生耐心解釋：「按照超音波的結果來判斷，妳應該已經懷孕快三個月了！」

「什麼？懷孕快三個月？」對於醫生這個說法，雨涵覺得難以置信。

的確，從現在推算回去的話，那個時間點她和孟承恩還有發生親密關係，只不過後來因為關係越來越疏離而停止罷了。

可是……如果記得沒錯的話，發生親密關係的時候，對方都有做好防護措施的啊！

既然如此，那又怎麼會……

種種疑惑，伴隨著一股古怪、不安的情緒自雨涵骨子裡竄出。

或許是見到雨涵臉上的表情不太尋常，不明就裡的醫生，趕緊安慰道：「其實像妳這樣的情況很常見啦，每個人出現懷孕前兆的時間都不太一樣，快的大約一個禮拜左右、慢的拖到像妳這樣三個月的也不是沒有……」

話鋒一轉，醫生又說：「現在有些女孩子可能懷孕了不想生下來，只要半年內處理的話，通常都沒有太大的問題，只是懷孕超過兩個月的話，就不適用藥物流產，要動人工流產手術才行。關於人工流產手術，我們醫院在這方面蠻專業的，過去有處理過很多成功的案例，當然費用及危險性會隨著懷孕時間拉長而越來越高……」

雖然醫生努力地自吹自擂，但雨涵的心思早已飄到了其他地方去。

步出診間，雨涵先到地下一樓的美食廣場吃晚飯，趁著吃飯的時候，她打了一通電話給孟承恩。

電話那頭沒人接聽，但也沒轉入語音信箱，而是不斷發出「您撥的電話無人接聽，請稍後再撥」的聲響。

在連續嘗試了好幾次後，雨涵失望地放下手機。

從那天起，孟承恩就這樣人間蒸發了。

不管是手機、電子郵件、通訊軟體……通通都得不到孟承恩的回應。

對於孟承恩的消失，雨涵除了感到意外之外，心裡也忍不住偷偷抱怨。

射後不理的渣男，交往久了就膩了是嗎！

原本她還以為孟承恩是特別的那一個，卻沒想到到頭來……男人都是那樣地不可信！

經過一個禮拜的等待，憋氣憋到快內傷的雨涵，決定採取更積極的動作，她到孟承恩的住所以及上班地點詢問，希望能得到進一步的資訊。

挑了一天向公司請假，雨涵先到孟承恩的住所探訪。

來到孟承恩所在的公寓二樓，雨涵面對的是一道深鎖的大門。

無論是敲門還是按門鈴，裡面通通都沒有任何回應。

就在雨涵期待再次落空，猶豫是否要轉身離開的時候，眼角突然瞄到有個人影上樓。

那是一個身材瘦瘦帶點結實的男子，如果要舉例的話，就是在運動公園裡面常常會看到的那種戰鬥型阿伯。

儘管這個男人自己並不認識，但好不容易有人出現，雨涵趕緊巴著這個人求助。

「請問……」雨涵擋住眼前這名男子的去路，「你知道這個屋子的租客，現在還有住在這裡嗎？」

對方看向雨涵指著的大門，皺眉頭回應：「他喔，我很久沒看到了，聽說好像是搬走了吧。」

「搬走了？」雨涵揚起眉毛，「那你知道他搬去哪裡了嗎？」

「這我不知道欸……」男子搖頭苦笑，「還是我給妳這棟公寓房東的電話，妳打電話問他？」

說完，對方拿出紙跟筆，寫下兩行數字及文字遞給雨涵。

回到樓下，雨涵根據剛才那名男子給的手機號碼，打了通電話給孟承恩的房東。

電話響了好幾聲才接通。

「喂。」低沉的嗓音響起。

「請問你是孟承恩的房東嗎？」雨涵急切詢問。

「是，請問怎麼了嗎？」對方的口音很親切。

「他現在住在原本的地方，還是搬走了呢？」

「他前陣子就搬走了喔！」房東回答：「差不多有五個月左右了喔！」

「是喔……」臉色蒼白的雨涵又繼續追問：「我是孟承恩的女朋友，最近有些事情想要找他，請問你知道他搬到哪裡去了嗎？」

「這個我不知道欸……」對方語氣無奈地回應：「付清款項後，他就搬走了，走之前也沒多說什麼。」

「這樣啊。」既然對方都這麼說了，雨涵覺得自己好像也不方便再多問什麼。

告別孟承恩的居處後，雨涵又找了一天拜訪他任職的單位。

「孟承恩喔……他前陣子就離職了喔。」博物館的行政小姐抬頭看著雨涵。

「請問他是什麼時候提離職的呢？」雨涵瞪大眼睛。

「差不多快半年了喔。」行政小姐回想。

「他有說明離職原因嗎？」

「沒有欸。」行政小姐搖頭，「只感覺他那陣子心事重重，跟同事之間也沒有太多的互動，經過幾天簡單的交接之後，他就離開我們這裡了。」

「是喔。」

「嗯，怎麼了嗎？」行政小姐用疑惑的神情看著雨涵。

「我是他的女朋友，因為這陣子聯絡不上他，所以才跑來這裡詢問，想說你們可能知道他發生了什麼事。」

「這我們真的不太清楚喔。」對於雨涵提出的問題，行政小姐只能苦笑回應。

「這樣啊。」臨走前，雨涵又不死心地繼續追問：「那離職之前，他有跟妳們抱怨過什麼私人方面的事情嗎，例如感情之類的？」

「感覺應該……沒有吧。」行政小姐回答。

眼見從對方口中也獲取不到更多的資訊，雨涵只能無奈地離開博物館。

接連遇到兩次碰壁的實地探訪，再加上孟承恩很早就父母雙亡，雨涵最終只能尋求最直接，也是最暴力的管道求助。

報警。

彷彿就像是當年包大膽事件重演那樣，警察又找雨涵問了一些照本宣科的問題，在詢問完後，雨涵依舊只能回到自己的住處，期盼哪天警方的調查能夠水落石出。

然而，還沒等到警方調查的結果，一件突如其來的消息，以隕石撞擊地球的力道衝擊雨涵的心靈。那是在一個陰鬱的午後，餐廳的電視牆上播放最新的即時新聞。

新聞快報，新聞快報。

今天坪林郊區發現一具無名屍，由於屍體毀損嚴重且死去多時，目前無法判別死者的身分，只能透過一些身體特徵，推估死者為年輕男性、死亡時間應有半年以上。目前警方還在持續調查，希望能透過各種方式查出死者的身分……

年輕男性？死亡時間半年以上？

如果說這個死者就是孟承恩，那按照死亡時間半年以上來推算，他應該在搬家及提離職的時候就已經身亡了，而更讓雨涵覺得脊背發涼的是……自己「中獎」的時間，是在孟承恩死去之後，如果真是這樣的話，那段時間和自己發生親密關係的人，難道是……

瞬間，一大堆足以讓人心臟跳停的恐怖猜測，塞滿了雨涵的腦袋。

就在自己心煩意亂的時候，原本平靜的腹部突然傳來陣陣絞痛，那疼痛的程度讓雨涵分不清楚到底是胃痛還是哪個地方痛。

「啊……」隨著腹痛越來越加劇，雨涵單手按著肚子蜷曲在地上。

「小姐～小姐～妳怎麼了？」在旁用餐的民眾，見到雨涵的異狀，趕緊湊上前來關心。

「我的肚子……我的肚子……好痛……」雨涵痛到在地上不斷打滾。

「叫救護車，快！」一位熱心的男子對旁邊的人說道。

「喔喔！」其他熱心的民眾趕緊用手機撥打電話。

「才四個月……怎麼可能……」躺在地上的雨涵虛弱地呢喃著，聽到她的自言自語，旁邊那些聚集的民眾都露出一頭霧水的表情。

不到十分鐘的時間，救護車以十萬火急的速度趕到，在醫護人員的協助下，雨涵被抬上擔架，送到最近的醫院去。

「我的肚子……我的肚子……」

沿途，雨涵的哀號聲不絕於耳。

「別緊張，放輕鬆～再過幾分鐘就到醫院了。」救護車裡，在旁的護士緊緊握住雨涵的手，為了讓雨涵的心情能夠放鬆，她不斷地出聲安撫，希望能舒緩雨涵的情緒。

隨著氣氛越來越緊繃，護士忍不住抿緊嘴唇來。畢竟，每一次急救，所要面對的都是一道生死關卡。

沒多久，救護車穿越重重車陣，順利抵達醫院門口。

「借過～借過～」

醫護人員推開擋在長廊走道中間那些不知情的民眾，這些民眾靠到牆角處時，忍不住用好奇的眼神打量眼前這台迅速通過的救護車。

過程中，雨涵依舊不停地哀號，直到救護車的身影沒入長廊走道的盡頭裡。

236急診室內，繃緊神經的醫生及護士檢查雨涵的身體狀況。

「先給病患照超音波。」主治醫生阿邦指示旁邊的護士行動。

「喔。」兩位年輕的護士對望了一眼，隨後按照醫生的指示做事。

約莫十多分鐘的時間，超音波的解析照片出來了，一看照片，全場的醫生和護士都嚇傻了。

因為……根據超音波解析照片顯示，雨涵肚裡的胎兒，已經有了完整的發育樣貌，然而剛才查詢雨涵近半年的問診紀錄，明明就只有懷孕快三個月的紀錄啊！而從懷孕到現在，也不過短短四個月左右的時間，雖然不能排除早產兒的可能性，但四個月的早產兒也未免太……

此外，儘管只是透過超音波照片上面黑白畫面來判斷，但仍可感覺得出這個胎兒的形狀和一般人類不同，種種難以用科學解釋的怪象，再三衝擊這些醫護人員的心靈，並讓他們感到慌張起來。

雨涵身體的不適感，並沒有因為這些醫護人員手足無措而減緩，反而變得更加嚴重。

「啊……我的肚子……快不行了……」仰頭看著蒼白的天花板，雨涵發出無比淒厲的叫聲。

「現在怎麼辦？」住院醫生小林，慌張地看著全場最資深的主治醫生阿邦。

經過縝密的考慮，阿邦最終下了個殘酷的決定：「讓她生出來。」

「蛤？」聽到阿邦的決定，在場其他人脊背一陣發涼。

「還待在原地做什麼？」阿邦臉紅脖子粗地不停催促，「還不趕快動作！」

「喔……」幾名醫生及護士手忙腳亂開始動作。

在徵詢雨涵的同意後，心驚膽跳的眾人將她送進了產房，開始進行生產流程。

向來為八卦盛產地之一的醫院，此時已經有相關的流言蜚語開始流竄。
「欸，聽說產房2550的那個孕婦很不尋常。」
「怎麼不尋常？」
「聽說她四個月就生了。」
「四個月？我沒聽錯吧？」
「真的，剛才我有看到相關資料，所以絕對不會錯！」
「天啊……四個月不就大概十六週？這算超級早產兒了吧！」
「對啊，而且奇怪的事情還不只這樁。」
「哦？」
「聽說醫生給這名孕婦照了超音波，出來的胎兒照片看起來很不像一般嬰兒的形體。」
「是喔？那不然像什麼？」
「聽說像爬蟲動物。」
「爬蟲動物？」
「對，就是常人所說的怪胎。」
「會不會只是因為照片解析度的關係……」
「反正，再過一會兒就知道了。」
「還沒生出來？」

「還沒，不過應該快了。」

兩位一老一少的護士，在醫院一處陰暗的角落七嘴八舌討論著。

妖怪研究室內，張天一挑燈夜戰，堆疊在桌子上的，盡是從世界各地考古而來的第一手資料。

這些年來，他遠渡重洋、跋山涉水至各種山精鬼怪的出沒地點，藉由蒐集這些山精鬼怪的爪痕來研究它們的文字。

也是透過這樣大量、深入的研究，張天一意外地發現，東亞、東南亞、東北亞等各國的山精爪痕，在語意及文法結構上居然具有高度的相似性，彷彿這就是個自成一格的妖怪文字體系。

經過焚膏繼晷地瘋狂追查，就在這陣子，他終於取得了重大的突破！

如同先前那樣，張天一至東南亞一處山精古老巢穴探索，結果發現裡面的爪痕文字，竟和南投深山那些尚未解密的神祕爪痕有極高度的相似。

除此之外，在馬來西亞的古老叢林聚落裡面，流傳著一些翻譯山精鬼怪文字的古書及文獻，那是在二次大戰的時候，日本發動南洋戰爭侵略馬來半島的時候所挖掘得出，而在二戰結束之後，這些機密檔案被運回日本，隨後輾轉流落到民間，經過張天一努力不懈地尋找，終於讓他找到了這些機密檔案的下落，並將這些檔案寄送至台灣。

對張天一來說，這不但是重大的進展，還是整個研究案即將撥雲見日的最後一哩路！只要參考那些古書文獻的翻譯，將東南亞那處山精古老巢穴爪痕的文字語意解析出來，再與南投深山洞穴的爪痕文字做對比，就能得知這隻精魅除了復仇以外，到底還想要做什麼？

收到從日本千里迢迢運回來的資料後，張天一馬上開始進行馬拉松式的研究。

雖然範圍越來越縮小、方向也越來越清晰，但這並不代表一切就能不費吹灰之力地解決。想到這個研究案延宕了這麼多年，張天一總覺得自己還不夠努力。

一念至此，他情緒又是一陣激動。

「啊啊啊啊啊啊啊啊！」雙眼遍布血絲的張天一，在仰天長嘯之後，又忍不住用頭猛撞牆壁。

快了！快了！就在今晚！

撞到額頭滲出血絲的張天一抬起頭來，調整了一下鏡架歪掉的位置。

他，台灣研究妖怪的第一把交椅，張天一，今天終於要解開這個懸宕多年的謎團了！

窗外的狂風暴雨，絲毫擋不住他內心對於這個研究案的熱情，而就在指針指向子夜整點的時候，張天一終於挖掘出了精魅爪痕文字的最後一個祕密。

然而，就在祕密解開的瞬間，張天一心中產生的並不是水落石出的喜悅，而是一陣冷到骨髓的寒意。

因為那些文字所傳遞出來的另一個訊號是……

繁衍。

44

「嗚啊……我的肚子……快不行了……」

產房裡，咬緊牙根的雨涵不停地甩頭，那表情充滿了無盡的痛苦。

「現在情況怎麼了？」剛忙完其他事情，快步走回產房的主治醫生阿邦問道。

「出不來，可能要剖腹生產！」另一位住院醫生東明回答。

聽到東明的話，秉持外科醫生該有的心理素質，阿邦強裝鎮定地走到雨涵身邊。

隨著觀察時間越長，他忍不住皺起眉頭來。

「有聯絡到她的家人嗎？」阿邦轉頭看著一位女性護理人員。

「聯絡不上。」這名護理人員搖頭。

「沒辦法再等下去了……」眉頭深鎖的阿邦，請護士詢問雨涵本人的意願。

儘管意識已經有點模糊，雨涵依舊點頭同意剖腹生產。

在手術及麻醉同意書都完成後，阿邦下了進一步的指令：「給她半身麻醉！」

「小姐，我們會在妳的身邊陪伴妳的。」一旁的護士，不忘給予雨涵精神層面的鼓勵。

就醫學來說，半身麻醉並不是一件簡單的事，一般需要一到三個小時的作業時間。麻醉的過程中，雨涵的肚子一收一縮，彷彿裡面有個東西很想趕快出來似的。

「啊……啊……啊……」痛到死去活來的雨涵，低頭看著自己那顆不安份的肚子。

看到這個畫面，在場包含醫生及護士在內的所有醫護人員，通通都被嚇得面無血色。

因為按照正常的狀況，即便是懷胎十個月的孕婦，肚子雖然會有一團球狀的隆起，但那形體應該是大致穩定的，就像是中年大叔的啤酒肚那樣，而不至於會發生太過劇烈的形體震盪。

反觀僅僅懷胎四個月的雨涵，當初送到醫院的時候，肚子和一般人沒有兩樣，是平坦的，然而經過一段時間後，她現在的肚子，居然一下平坦、一下突起，而且突起的程度呈現不規則狀，有時甚至有半顆籃球這麼大！

如此詭異的情況……讓在場所有人直呼不可思議。

如果不是活生生出現在眾人面前，他們還以為這是某部異形科幻電影才會出現的畫面。

翻來覆去裡，迷迷濛濛的雨涵想起了當年自己還是大學生的時候，包大膽隨口亂開的一句玩笑話。

「我挺著大肚子回家，卻聽見老公房裡傳來呻吟聲……」

對應自己今日的遭遇，居然冥冥中有股離奇的巧合，難道說這也是所謂的因果報應？

可是……為何前世的我造孽，要由今世的我來承受這個果報呢？如果說自己喝了孟婆湯之後，前世的那些記憶早已忘得一乾二淨，那所謂的投胎輪迴，不過就是讓自己成為另一個全新的人罷了！既然如此，這些前世債主又何必苦苦糾纏呢？

好吧，如果真的要怪的話，就怪自己倒楣吧！

對此，雨涵仰天長歎。

眼見情勢凶險，儘管心裡千百萬個不願意，但在這個節骨眼上，醫護人員也只能硬著頭皮繼續幹下去，希望加速進行的麻醉手術，能夠讓雨涵趕快解脫。畢竟時間拖得越久，孕婦的生命就越危險。

兩個小時過後，眼見時機已經成熟，主治醫生阿邦拉開嗓門，請旁邊的人協助進行剖腹生產的手術。

聽聞阿邦的指令，眾人都一擁而上，在自己的崗位上各自就定位。

或許是因為麻醉的副作用，此時的雨涵雖然疼痛減輕，但卻間歇性出現暈眩、嘔吐等狀況。強行克服重重阻礙，秉持專業的醫生們，終於順利切開雨涵的腹壁及子宮壁，將胎兒從雨涵的子宮內取出。

儘管過程堪稱順利，然而在剖腹手術的過程中，主操刀的住院醫生小林，卻越看越覺得情況不太對勁。

而事實上，小林也的確沒有猜錯，因為就在胎兒取出的瞬間，透過病房手術燈的強力照射，全場所有人通通都看傻了眼，因為——

那不是人。

對，那不是人，而是一個獸面人身的畸胎，不知道是不是因為只有四個月就生產的關係，牠的體型比一般人類的胎兒還要來得稍微小一些。

儘管有著人類的四肢及軀體，但畸胎扁長的頭部外觀像蜥蜴，尾部帶著一條粗壯的尾巴，十指則長著又尖又長的利爪。此外，牠全身佈滿許多粗糙到裂開的瓣片，一大坨半透明的黏稠拉絲液體覆蓋著身體，讓人搞不清楚這些液體的來源到底是什麼。

看著畸胎扭動的五官以及柔軟詭異的觸感，原本將牠捧在手掌心的護理人員，忍不住嘔吐了起來，她趕緊將手上的這個東西遞給身旁的其他同事。

因為太過噁心，宛如燙手山竽般，接手的人不到幾秒鐘的時間，又趕快把牠傳給周遭的其他人。

就這樣，畸胎像是奧運開幕儀式的聖火那樣，在一個接一個心驚膽跳的醫護人員手中輪番傳遞著。

或許是意識到了周遭傳來大量不友善的眼光，這畸胎靈活的眼珠子咕嚕嚕轉了轉，牠張開銳利的嘴巴，發出了類似迅猛龍的叫聲。

嘎。

（全書完）

釀冒險82　PG3023

深山魅影

作　　者	熊小猴
責任編輯	陳彥儒
圖文排版	陳彥妏
封面設計	李孟瑾

出版策劃	釀出版
製作發行	秀威資訊科技股份有限公司 114 台北市內湖區瑞光路76巷65號1樓 電話：+886-2-2796-3638　傳真：+886-2-2796-1377 服務信箱：service@showwe.com.tw http://www.showwe.com.tw
郵政劃撥	19563868　戶名：秀威資訊科技股份有限公司
展售門市	國家書店【松江門市】 104 台北市中山區松江路209號1樓 電話：+886-2-2518-0207　傳真：+886-2-2518-0778
網路訂購	秀威網路書店：https://store.showwe.tw 國家網路書店：https://www.govbooks.com.tw
法律顧問	毛國樑　律師
總 經 銷	聯合發行股份有限公司 231新北市新店區寶橋路235巷6弄6號4F 電話：+886-2-2917-8022　傳真：+886-2-2915-6275

出版日期	2024年9月　BOD一版
定　　價	350元

讀者回函卡

國家圖書館出版品預行編目

深山魅影 / 熊小猴著. -- 一版. -- 臺北市 :
釀出版, 2024.09
面 ;　公分. -- (釀冒險 ; 82)
BOD版
ISBN 978-986-445-993-3(平裝)

863.57　　113013512